ANNABELLE REX (HRSG.)

WER IST DENN HIER PERVERS?

LUSTIGE GESCHICHTEN ÜBER DIE SELTSAMEN SEITEN DES SEX

1. Auflage Dezember 2016
Titelbild: Agnieszka Szuba
www.tbwcreative.com

Satz: nimatypografik

ISBN: 978-3-944154-46-6

Möchtest du über unsere Neuheiten auf dem Laufenden bleiben?
Oder möchtest du uns sagen, wie Dir das Buch gefallen hat? Sende uns
eine E-Mail an top@salax-verlag.de. Wir freuen uns!

SALAX VERLAG
Postfach 1313 | 64703 Erbach

www.salax-verlag.de

Till Burgwächter

Schnappschildkröten auf Granufink

Wem das eigene Leben zu mausgrau wirkt, zu sehr nach Wartebereich im Straßenverkehrsamt müffelt, wer sich in der Realität fortwährend wie ein Zuschauer bei einem Heimspiel des Vfl Wolfsburg fühlt, der kann sein Dasein durch die aufregende Welt der Fetische ein wenig aufpeppen. Entweder als faszinierter Beobachter oder, bei entsprechender Neigung, als Aktiver. Schon richtig, einen Fetisch sucht man sich in den seltensten Fällen aus, der ist einfach da oder eben nicht. Manche Fetische entstehen schon sehr früh im Leben, andere bilden sich erst später aus. Woher die Fetische kommen, warum sie erst ins Hirn und dann in den Unterleib dringen, weiß niemand so genau, es ist halt einfach so. Wobei es natürlich Unterschiede gibt, vor allem hinsichtlich der Durchführbarkeit.

Die gängigsten Formen des Fetischismus konzentrieren sich auf unbelebte Objekte oder (bisweilen) belebte Körperteile. Unbelebte Objekte sind in der Regel Stoffe wie zum Beispiel Lack, Leder, Pelz, Latex oder Gummi. Aber auch ganz bestimmte Kleidungsstücke wie Socken, Strumpfhosen, Regenmäntel oder Birkenstock-Sandalen sind hoch im Trend. Noch spezieller wird es, wenn sich der Fetisch auf die Bekleidung einer bestimmten Berufsgruppe konzentriert. Polizisten, Krankenschwestern, Piloten oder Feuerwehrmänner sind häufig anzutreffen, der graue Hausmeisterkittel, seltener, aber durchaus auch. Ob beim Rollenspiel mit diesem Utensil Sätze wie «Los Herr Krause, wechsle mir die Glühbirne im Flur, die flackert schon seit zwei Wochen», fallen, ist dem Verfasser dieser Zeilen leider nicht bekannt. Vereinzelt treten auch Liebhaber der so genannten Schamkapsel auf. Diese war allerdings schon vor über 500 Jahren en vogue und hatte ursprünglich eine durchaus sinnvolle Aufgabe zu erfüllen. Denn während der Körper und der Kopf der tapferen Rittersleute geschützt waren, konnte der Gegner ausgerechnet im Genitalbereich mit Lanze, Spieß oder Pike zustechen, was beim Angegriffenen, das dürfen wir mal als gegeben ansehen, selten für Begeisterung sorgte. Deshalb wurde die Schamkapsel entwickelt, anfangs nur eine einfache Erweiterung der Rüstung. Die Herren der Schöpfung kamen aber schnell dahinter, dass sich mit diesem Ding im wahrsten Sinne des Wortes prächtig einer auf dicke Hose machen ließ. Und so wurde die Schamkapsel unverhältnismäßig vergrößert und verziert. Manche gaben ihr gar die Form einer Gurke. Logisch, dass da die anderen Männer, die beruflich anderweitig orientiert waren, nachziehen mussten. Und so gab es bald auch Stoffhosen mit massiver Rohrverstärkung. Ende des 16. Jahrhunderts verschwand der Blickfang aus der Mode und ward nie wieder gesehen. Deshalb müssen heute lebende Anhänger dieser Fetisches auch ziemlich kreativ werden (oder sich einfach einen Porsche kaufen). Sollten Sie, liebe Leser, mal einen Mann in Ritterrüstung durch die Innenstadt stapfen sehen, loben Sie ihn bitte unbedingt für seine mächtige Schamkapsel. Das macht ihn sicher glücklich.

Die Fokussierung auf bestimmte Körperteile wie Beine, Füße, Brüste, Achselhöhlen, Hüftknochen, Hinterteile oder Ohren erklärt sich hingegen von selbst. Na ja, vielleicht nicht so ganz. Psychologen streiten bis heute darum, wie speziell diese Sehnsucht nach ausgewählten Regionen des Körpers zustande kommt. Eine beliebte Theorie ist jene, die besagt, dass dem Fetischisten sein Ziel aller Träume als Kind zu früh entrissen wurde. Bei der Brust durchaus nachvollziehbar, bei Achselhöhlen bedarf es allerdings schon eines gewissen Maßes an Fantasie. Und wer leidet schon Höllenqualen, weil Mama ihre Ohren immer hinter ihrer blonden Mähne versteckt hat? Und vor allem, was kann man mit den Lauschlappen schon groß anstellen? Obwohl, das wollen wir vielleicht lieber gar nicht so genau wissen.

Manch ein Menschenkind konzentriert sich lieber auf den handwerklichen Bereich, wo damit nicht unbedingt die Sado-Maso-Schiene gemeint ist. Vielmehr lieben diese Exemplare bestimmte Stoffe, die gemeinhin eher im Werkunterricht zu vermuten sind. Zum Beispiel Holz, ein wirklicher schöner Rohstoff, der bei manchen Mitbürgern allerdings erotische Synapsen zum Vibrieren bringt. Die Ausgestaltung ist auch hier mannigfaltig, manche fühlen sich bei einem simplen Waldspaziergang wie im Mittelpunkt einer römischen Orgie. Andere wiederum brauchen das Holz möglichst nah an ihrem Körper. Zu diesem Zwecke begeben sie sich in die Garage oder in den Bastelraum und sägen sich mal eben das passende zurecht. Unterhosen und Strümpfe dürften selbst für geschickte Bastler ein wenig schwierig werden, aber andere Accessoires wie Krawatten, Broschen oder Knöpfe sind machbar. Apropos Knöpfe, es gibt wohl auch eine kleine Gruppe von Männern, die darauf steht, sich Knöpfe unter die Vorhaut zu schieben, um dann zu onanieren. Wunder der Evolution!

Ein weiterer beliebter Werkstoff ist Gips. Wo andere Menschen froh sind, die Notaufnahme nur aus der Entfernung sehen zu müssen, schmieren sich diese Kandidaten mit Wonne mit diesem Mineralstoff ein, lassen ihn aushärten und marschieren damit in der Öffentlichkeit umher, damit sie geil werden. Andere wiederum lieben nur das Gefühl des feuchten Gipses an ihren Händen oder unterhalb der Gürtellinie und schütten sich regelmäßig eine Portion in den Schritt. Ob das Aushärten und Abziehen dabei ebenfalls Lust erzeugt, wird wieder von Einzelfall zu Einzelfall entschieden. Zumindest wäre es mal interessant zu erfahren, wie viele solcher Gips-Fetischisten wirklich Ärzte oder Krankenschwestern geworden sind. Oder Stuckateure.

Ein bisschen schwieriger gestaltet sich das Leben für Menschen, die sich selbst als «Amelos» bezeichnen, wobei der Klang dieses Wortes skurrilerweise schon in die richtige Richtung deutet. Und nein, es handelt sich dabei nicht um die Pazifisten (auf die Betonung achten), sondern um Damen und Herren, deren sexuelle Präferenz es ist, sich zu gehandicapten Personen hingezogen zu fühlen. Und zwar solchen, denen Gliedmaße fehlen. Deshalb wird diese Neigung auch Amputationsfetischismus genannt. Nun gibt es auf der Welt leider (oder gottlob, je nach Sichtweise) eine ganze Menge Menschen, denen eine Hand, ein Arm, ein Bein oder noch mehr abhanden gekommen ist. Aber viele dieser Amputierten finden es irgendwie gar nicht schmeichelhaft, wenn sie und ihre sexuelle Anziehungskraft ausschließlich auf etwas reduziert werden, was gar nicht (mehr) da ist. Deshalb kommt es immer wieder zu Spannungen zwischen «Amelos» und Gehandicapten, auch wenn es auf der anderen Seite durchaus erfüllte Kooperationen und/oder Beziehungen gibt. Wer keine Geduld oder keinen Mut hat, sich auf dem Markt der Kriegsversehrten oder in der Notaufnahme des örtlichen Krankenhauses umzuschauen und jetzt sofort ganz dringend eine Amputation benötigt, der greift mal eben zur Laubsäge und erledigt das an sich selbst. Ja, auch diese Fälle sind bekannt. Der Nachteil an dieser Methode: Wer auf gekappte Hände oder Füße steht, hat maximal vier glückliche Momente, danach geht das Material aus. Und da Menschen keine Eidechsen sind, deren Schwanz nach Abwurf von alleine nachwächst, war es das dann für immer. Eine ziemlich anstrengende Präferenz mit nicht zu unterschätzendem Schmerzpotenzial.

Dann doch lieber einen nachhaltigen Rohstoff zu seiner Gottheit erklären, wie wäre es zum Beispiel mit Schweiß? Was kann es Heißeres geben, als im Hochsommer mit Skiunterwäsche, in Daunenjacke und gefütterten Stiefeln durch die Altstadt zu latschen und sich an der eigenen Marinade zu erfreuen? Für die meisten

Menschen eine ganze Menge, aber auch der Wärmefetisch hat seine Anhänger. Wenn sich der Nachbar eine Sauna ins Bad einbauen lässt, muss das also nicht zwangsläufig etwas mit einem Gesundheitsfimmel zu tun haben. Vielleicht möchte er oder sie auch einfach nur durchgehend vor sich hin saften. Selbiges geht natürlich auch in der überfüllten U-Bahn, wobei wir uns dann schon wieder im Bereich zweier anderer Fetische bewegen. Der Toucheurist liebt es, Fremde zu berühren, die ihre Einwilligung dazu nicht gegeben haben. Wer sich dem Frotteurismus hingibt, geht noch einen Schritt weiter. Hier geht es darum, den eigenen Körper an den erogenen Zonen des Gegenübers zu reiben, sich quasi in den siebten Himmel zu schubbern. Allerdings auch ohne Genehmigung des Reibesubjektes. Eine ganz schön gefährliche Neigung, denn gerade in der U-Bahn oder im ausverkauften Stadion ist nicht immer zu erkennen, ob der 150-Kilo-Klops neben der ausgewählten Dame nicht doch zufällig ihr Lover ist, der es minder unterhaltsam findet, wenn dahergelaufene Frotteuristen sein Schätzchen als Rubbellos missbrauchen. Ein Besuch im Zoo erscheint da doch schon viel entspannter. Obwohl das auch nicht für jeden Menschen gilt. Gewisse Gruppen werden an diesem Ort, wo die Paviane ihre nackten Hintern präsentieren als wären sie Tapferkeitsmedaillen aus dem Afrikafeldzug oder die frechen kleinen (vierbeinigen) Luder aus dem Streichelzoo keck durch das Gatter lugen, ganz hibbelig und wollen den Viechern ans Fell. Zoophilie oder Sodomie ist per Definition streng genommen kein Fetisch, sondern eine Paraphilie, wobei die Grenzen da mittlerweile verschwimmen. So oder so, die Leberwurst im Schritt, damit Hasso schwanzwedelnd beigeht, ist ganz schön harter Tobak. Deshalb hat die erfindungsreiche Sextoy-Industrie da ein paar Angebote. Wer will, kann sich eine aus Gummi nachgebildete Wildschweinschnauze in der richtigen Höhe an die Innenwand seiner Duschkabine pappen. Ganz mutige wählen das Modell «Rüssel des afrikanischen Elefanten» und erleben einfach mal nach, wie sich Dönerfleisch am Spieß fühlen muss. So genannte «Petplayer» wiederum benötigen keinen sexuellen Kontakt zu Tieren, sie wären einfach nur selber gerne Pferd, Hund oder Ameisenbär und (ver)kleiden sich entsprechend. Ernst wird es nur bei denen, die unbedingt ein Schlachtschwein sein wollen und sich bei ihren Sessions extreme Wunden zufügen lassen, um sich möglichst authentisch in die Welt des Fleischgroßhandels einfühlen zu können. Ob diese Menschen alle vegetarisch oder vegan leben, ist nicht belegt. Aber es wäre zumindest nachvollziehbar.

Der Verfasser dieser Zeilen hält von alledem im Übrigen nichts, sondern präferiert den simplen, gewöhnlichen Sex. Immer sonntags ziehe ich mir mein Robbenkostüm aus Naturfell über, füttere meine Schnappschildkröten mit Granufink (die wollen das doch auch) und lasse mich dann von meinem asexuellen Nachbarn in gebrauchte Frischhaltefolie einwickeln, während im Fernsehen zwingend ein alter Film mit Theo Lingen laufen muss. Ach ja, Normalität kann so entspannend sein.

COSETTE
DIE BEOBACHTERIN

Es *war schwül* im *Kleinen Wiener Café an* diesem Samstagnachmittag. Die Sonne strahlte durch die Fensterfront in den Raum und erhitzte die kaffeegetränkte Luft. Zigarrenduft schwebte träge zu Elfie, die wie immer am ersten Tisch neben der Eingangstür saß. Die anderen standen einfach zu eng beieinander, so dass die Stühle der jungen Frau den Weg versperrten.

«Guten Tag», sagte die Kellnerin lächelnd. «Einen Moccachino?»

Elfie nickte. «Ja, danke, Vera.» Moccachino war zurzeit ihr Lieblingskaffee. Der starke Geschmack des Moccas bildete mit der milden aufgeschäumten Milch einfach die perfekte Kombination, fand sie.

Plötzlich holte Vera ein Schild aus ihrer Kellnerschürze und tauschte es gegen das Reserviert-Schild aus.

«Reserviert für Elfie Gantner», las Elfie. Sofort schoss ihr das Blut in die Wangen. «Oh, wie nett», stammelte sie und sah der Kellnerin nach, die zur Theke ging und den Moccachino holte. Nun wusste jeder im Café ihren Namen. Das war ihr gar nicht recht, aber diese freundliche Geste konnte sie kaum abwehren.

Vera kam zurück und stellte den Moccachino auf den Tisch. «Sie kommen schon so lange zu uns. Da haben Sie ein eigenes Schild verdient.»

«Danke», brachte Elfie mit unsicherer Stimme hervor. Eigentlich wollte sie lieber anonym bleiben, doch dies war der einzige Tisch im Café, an dem sie sitzen konnte, und so war sie froh, dass die Kellner ihn jeden Samstag um 16 Uhr für sie reservierten.

Um die peinliche Situation zu überspielen, löffelte sie Zucker in ihren Kaffee und trank einen Schluck. Herrlich warm floss er ihre Kehle hinunter. Der starke Geschmack blieb auf ihrer Zunge haften, wie ein Nachglühen. Elfie empfand dies fast als sinnlich. Zufrieden lehnte sie sich zurück und beobachtete erleichtert, wie Vera sich um andere Gäste kümmerte.

Das Café war recht leer. Die meisten der kleinen, runden Caféhaustische standen verwaist. Am Fenster saß ein Mann mit Nickelbrille, vertieft in eine Tageszeitung. Zwei ältere Damen hatten auf Hockern an der Theke Platz genommen und plauschten angeregt. Fast gegenüber von Elfie saßen ein Mann und eine Frau. Ein hübsches Paar, doch irgendetwas war seltsam an ihnen.

Nie hatte Elfie einen besser angezogenen Mann gesehen. Er trug einen dunkelgrauen Anzug, mit passendem anthrazitfarbenem Hemd, keine Kravatte, dafür stand der oberste Knopf offen, so dass Elfie seinen braungebrannten, schlanken Hals sehen konnte. Sie ertappte sich dabei, wie sie sich vorstellte, ihre Nase gegen seine warme Haut zu drücken. Ob er gut roch?

Die brünette Frau dagegen trug eine weiße Bluse, deren erste Knöpfe einladen offen standen. Ihre prallen Brüste boten sich wollüstig an. Sie wurden durch einen BH hochgepusht, dessen weiße Spitze durch den Stoff schimmerte. Offensichtlich umschloss der BH den Busen nur zur Hälfte, denn die Brustwarzen zeichneten sich deutlich auf der Bluse ab. Auch ihr Rock war sehr knapp bemessen. Er umspielte in dunkelblauen Falten die schlanken Oberschenkel der Frau. Elfie erinnerte das Auftreten der jungen Frau an ein Schulmädchen, obwohl sie viel zu alt war, um noch die Schulbank zu drücken. Doch sie besaß das gleiche schüchtern-verschmitzte Lächeln, das Teenager trugen, wenn sie in ihrer Selbstfindungsphase hin und her gerissen waren zwischen keckem Auftreten und scheuer Zurückhaltung. Elfie konnte sich mit der Brünetten identifizieren! Sie fand die Fremde jedoch viel hübscher als sich selbst und beneidete sie um ihre Kurven, doch sie war unpassend gekleidet für einen Café-Besuch. Was mochte sie hierher führen?

Während ihr Begleiter für sie mitbestellte, senkte die Frau immer wieder verlegen den Blick. Elfie wunderte sich. Konnte sie nicht sprechen? Doch, offensichtlich schon, denn der Mann sagte etwas zu ihr und sie schaute ihn daraufhin flehend an und schien ihn leise anzubetteln.

Da raunte er so laut, dass Elfie es hören konnte: «Spreiz die Beine, Serva!»

Elfie blieb fast das Herz stehen. Hatte sie richtig gehört? Einige Sekunden lang trafen sich Elfies und Servas Blicke. Elfie lief blutrot an, doch Serva lächelte plötzlich verschmitzt und zwinkerte ihr zu.

Schließlich senkte die Brünette demütig den Blick und öffnete die Schenkel. «Wie Ihr wünscht, Herr.»

Elfe sah, dass die Lippen der Frau genauso prall und rot waren, die die ihres Mundes. Ihre Scham war rasiert, entblößt. Elfie fand, sie sah schutzlos aus, ja, diese Bezeichnung traf es genau.

Nun sah auch der Mann zu Elfie hinüber. Sein Blick war verklärt, fast geheimnisvoll, dann lächelte er mit einem Mal. Elfie hatte das Gefühl, als wüsste er um die Erregung, die langsam in ihr aufstieg. Seltsamerweise ließ sie das wohlig erschaudern. Gleichzeitig fühlte sie sich dem Fremden ausgeliefert. Sie mochte es nicht, durchschaut zu werden. Daher versuchte sie, ihr Interesse zu bremsen und rührte krampfhaft in ihrem Moccachino. Sie trank einen Schluck und spürte, wie der starke Kaffeegeschmack mit der aufgeschäumten Milch auf ihrer Zunge verschmolz und dann warm ihre Kehle hinunterfloss. Selbst das hatte etwas Sinnliches in diesem Augenblick. ‹Was ist nur mit mir los?›, fragte sich Elfie und erschrak. Sie schaute auf die Stöckelschuhe von Serva, bereit ihren schlanken Beinen nach oben zu folgen, um... Nein! Sie durfte fremde Menschen nicht beobachten, die etwas Intimes taten. Aber wollten der Fremde und Serva das nicht sogar? Weshalb sonst taten sie solch ungewöhnliche Dinge an einem öffentlichen Ort?

Elfie zuckte zusammen, als Vera an ihren Tisch trat. «Der Herr dort drüben am Tisch lädt Sie zu einem zweiten Moccachino ein», sagte die Kellnerin und stellte die neue Tasse ab. «Ist das nicht nett?» Dann verschwand Vera wieder hinter der Theke, um Gläser zu polieren.

Elfie leerte ihre erste Tasse und bemerkte, dass ihre Hand leicht zitterte. Sie war hin und her gerissen zwischen Wut und Dankbarkeit. Sollte der Moccachino etwa ein Mitleidsgeschenk sein? Ihre Hand umgriff den Rand der Tischplatte und Elfie blickte zu ihrem Gönner hinüber.

Aber der geheimnisvolle Mann nickte oder lächelte nicht. Er sah Elfie nur durchdringend an. Dann rührte er langsam, ja, fast erhaben, mit dem Löffel in seiner Tasse und widmete sich ganz dieser Bewegung, als gäbe es nichts Wichtigeres auf dieser Welt. Elfie vermutete, dass es ebenfalls ein Moccachino war. Seiner Gespielin hatte er rein gar nichts bestellt.

Der Fremde zog etwas aus der Servas Umhängetasche. Es war eine Tube. *Wärme-Salbe stand mit großen Buchstaben darauf. Verwirrt* beobachtete Elfie, wie er den Verschluss abdrehte. Serva dagegen schien zu ahnen, was auf sie zukommen würde, denn sie rutschte unruhig auf ihrem Platz nach vorne und wieder zurück. Immer wieder flüsterte sie ihrem Herrn etwas mit ängstlicher Miene zu, doch er ignorierte sie einfach. Anstatt zu antworten, nahm er eine Serviette und presste einen Salbenstrang darauf. Seine Augen funkelten, als er die Serviette in die Hand nahm und seinen Handrücken unter dem Tisch auf Servas entblößtem Oberschenkel ablegte. Er schaute für einen Moment Elfie an. Sie versuchte seine Gedanken, die Gefühle von seinem Gesicht abzulesen, doch das war unmöglich. Er sah emotionslos, fast hart aus. Aber genau diese Kühle brachte Elfie zum Schwitzen. Sie nahm ihre Serviette und wischte sich über die Stirn. Mitten in der Bewegung hielt sie inne. Sie hielten beide eine Serviette in der Hand. Sie tranken beide Moccachino.

War der Kaffee eine Einladung gewesen, das Spiel zu beobachten? Indem sie die Serviette genommen hatte, hatte sie ihm gezeigt, dass sie dem Spiel folgte, sehr aufmerksam, und innerlich mitspielte.

Der Fremde löste sich von Elfie und blickte Serva tief in die Augen. Diese schaute zuerst ängstlich zurück und senkte dann demütig den Blick. Dann rieb der Mann die Wärme-Salbe auf ihre äußeren Schamlippen, ohne Serva aus den Augen zu lassen.

Elfie war fasziniert und angewidert zugleich. Sie wollte schreien: «Schau hin, was du tust, sonst reibst du ihr die Salbe auf die Klit und sie wird das Café zusammen schreien vor Schmerzen», doch sie brachte keinen Ton heraus. Stattdessen beobachtete sie, wie Servas Scham binnen weniger Sekunden leuchtend rot wurde. Die Wärme-Salbe pumpte Blut in Servas Unterleib. Die Gespielin krallte mittlerweile ihre Hände in den Faltenrock. Dann lehnte sie sich ruckartig nach vorne, halb über den Tisch, so dass ihre prallen Brüste fast aus der Bluse hüpften und stöhnte leise. Sie biss sich auf den Zeigefinger. Tränen füllten ihre Augen. Mit Mühe sprach sie: «Ich danke Ihnen, Herr, dass Sie mir die Großzügigkeit Ihrer Aufmerksamkeit zuteil werden lassen.»

Elfie war schockiert. Der Fremde weidete sich an Servas Qualen. Warum ließ die junge Frau sich freiwillig quälen? Wieso ordnete sie sich ihm unter? Verdammt, weshalb schlug sie ihm nicht ins Gesicht, sondern bedankte sich auch noch? Aber noch mehr entrüstet war Elfie über ihre eigene Reaktion. Sie fühlte sich so sehr zu dem mysteriösen Mann hingezogen, wie noch nie zu einem Menschen! Sie spürte eine ungeahnt starke sexuelle Faszination, wie Elfie sie bisher nicht gekannt hatte!

In Gedanken verschmolz Elfie mit Serva. So viele Jahre war sie nur Beobachterin gewesen, dass sie das Beobachten perfektioniert hatte. Und nun genoss sie es, mit weit gespreizten Schenkeln in einem Café zu sitzen und die Zähne zusammenzubeißen, weil ihre Scham brannte, wie Feuer. Welch bittersüße Illusion!

Aus dem Augenwinkel heraus bemerkte Elfie, wie der Mann am Fenstertisch auf Serva aufmerksam wurde. Er starrte ihr pralles Dekolletè an. Nervös kratzte er sich an der Nase, rückte die Nickelbrille zurecht. Dann verschwand seine Hand unter dem Tisch und Elfie hörte Stoff rascheln. Wahrscheinlich vernahm sie es als Einzige, denn sie war nicht nur eine gute Beobachterin, sondern auch Zuhörerin. Wenn man selbst nichts erlebt, von dem es zu erzählen lohnt...

Angewidert drehte sich Elfie fort. Was für ein schmieriger Kerl! Doch seltsamerweise erregte sie der Gedanke auch, Spielball der Männer zu sein und Lustobjekt. Die meisten Männer ignorierten Elfie, als wäre sie keine Frau, sondern ein Ding, unwichtig. Dabei wünschte sie sich nichts Sehnlicheres, als mit ihrer ganzen Weiblichkeit wahrgenommen zu werden.

‹Das ist alles nur dieser Makel Schuld›, dachte Elfie tieftraurig, während der Mann am Fenster sich erhob und auf Toilette eilte.

Servas Herr legte ihr sanft eine Hand auf den Rücken.

Schon richtete sich die Brünette auf.

‹Sie hat das Zeichen verstanden›, ging es Elfie durch den Kopf, ‹gut dressiert›. Sie war sich immer noch nicht klar, ob sie das Spiel abstoßend finden sollte oder sich in Wahrheit danach sehnte, mit der jungen Frau zu tauschen. Aber Letzteres würde eh nie wahr werden. Elfie wollte keine Hoffnung in sich aufkeimen lassen.

Eine Träne rann über Servas Wange. Ihr Herr lächelte und nahm den Löffel. Mit beiden Händen spreizte er ihre Beine, so weit es ging, und strich dann, ohne zu zögern, mit dem Löffel zwischen Servas kleinen Schamlippen hindurch, von hinten nach vorne. Zufrieden grinsend tauchte er den glitzernden Löffel in den Moccachino und hielt ihn danach an Servas Lippen. Die Brünette schüttelte kaum merklich den Kopf.

Auch Elfie war schockiert über das, was sie sah. «Er verlangt zu viel», wisperte sie zu sich selbst, «zu viel.»

Der Mann strich mit der freien Hand über Servas Scham. Kurz verschwand sein Mittelfinger in ihrer Scheide. Er zog ihn heraus und strich die Flüssigkeit auf Servas Wangen, Stirn und Kinn, so dass ihr Gesicht feucht glänzte. Die Frau lief hochrot an. Sie wagte nicht den Blick zu heben, sah weder ihren Herrn, noch Elfie an. Doch die Erniedrigung war nicht genug, um sie dazu zu bringen, ihren eigenen Saft vom Löffel zu lecken.

Elfie schaute zu Vera, die hinter der Theke stand und laut zu telefonieren begonnen hatte. Welch ein Wunder, dass sie nicht mitbekam, was hier vor sich ging! Auch die älteren Damen am Tresen waren zu sehr in ihr Gespräch vertieft, um Servas Qual zu bemerken. Dabei hatte Elfie das Gefühl, als würde der Duft der Schönen das gesamte Café durchströmen, wie die kaffeegetränkte Luft.

Der Fremde säuselte: «Du hast es nicht anders gewollt. Wenn du meine Befehle missachtest, wirst du noch mehr leiden müssen. Ich bestrafe dich nun und ich werde es genießen, dich leiden zu sehen.»

Er holte zwei Dinge aus Servas Handtasche. Dann hielt er eins vor ihre Augen, öffnete es und ließ die Zähnchen aufeinander schnappen.

Klammern! Elfie riss die Augen auf. Ihre Gedanken rasten durcheinander. Was mochte er mit damit vorhaben? Würde er die beiden Klammern an den Schamlippen ansetzen? Würde er damit ihre Vulva auseinander halten, wie ein Vorhang? Oder war gar ihre Klit das Ziel seiner gefährlichen Lust?

Die Brünette sog hörbar Luft ein. Flehend schaute sie ihren Herrn an und sah dabei aus, wie ein kleines Mädchen, das wusste, nun würde eine Tracht Prügel folgen, weil sie unartig gewesen war. Ängstlich blickte sie zu den anderen Gästen und der Kellnerin hinüber. «Bitte, ich flehe Sie an, nehmen Sie die Klammern runter», bettelte sie. «Die anderen könnten sie sehen. Sie könnten uns entdecken. Bitte, das wäre mir zu peinlich. Herr...»

«Dir wäre es peinlich», wiederholte er und zog eine Augenbraue hoch. «Seid wann ist es wichtig, was du willst? Allein mein Wille zählt. Ich kann tun und lassen mit dir, was ich möchte. Du hast meinem Befehl nicht Folge geleistet, also bestrafe ich dich. Aber wenn du die Klammern nicht magst, kann ich dich auch hier und jetzt übers Knie legen und deinen blanken Hintern versohlen oder ich hole die Gerte aus dem Kofferraum.» Schon erhob er sich, um zum Auto zu gehen.

Serva hielt ihn sanft am Arm zurück. «Ich entschuldige mich in aller Form. Es tut mir unendlich Leid. Bitte, Herr, verzeiht mir. Ich habe meine Stellung vergessen. Natürlich, ich gehöre Euch. Ihr könnt mit mir tun, was Ihr wollt. Habt Geduld mit mir. Ich werde mich bessern. Bitte.» Ihre Augen sahen aus, wie die eines scheuen Rehs, so verletzlich, hilflos, so voller Furcht, ihn verlieren zu können.

Er zögerte. Sein Gesicht war wie versteinert. Er rümpfte die Nase, und Elfie hatte Angst, dass er auf seine kleine Sklavin hinunter spucken würde. Ja, eine Sklavin war sie, abhängig, freiwillig hörig, und er ihr Herr.

Bedächtig nahm er wieder Platz und hielt ihr fordernd den Löffel mit ihrem in Moccachino getunkten Lustsaft an den Mund. Diesmal öffnete sie artig und nahm die Mischung in sich auf. Serva presste sinnlich die Lippen auf den Löffelstiel und lutschte das Gemisch ab. Als ob sie die Gedanken ihres Herrn erraten konnte, schnellte ihre Zunge heraus. Sie begann den Löffel abzulecken, immer gieriger werdend, bis ihr Speichel am Kinn hinunter lief.

«Brave Stute», lobte ihr Herr sie. Sein Gesicht wies nun mildere Züge auf. Er fing den Speichel mit seinem Mittelfinger auf und steckte ihn zurück in Servas Mund, die ihren Körpersaft wieder in sich aufnahm.

Plötzlich sah er Elfie an und sein Blick hatte etwas Berechnendes. Er weihte sie in seine Pläne ein, bereitete sie auf den nächsten Schritt vor, indem er eine der Klammern an seinem kleinen Finger zuschnappen ließ.

Elfie wagte kaum zu atmen. Ihre Muskeln waren angespannt vor Erwartung und Vorfreude. Auf einmal wurde ihr bewusst, dass sie Serva leiden sehen wollte, wie sie selbst gerne leiden würde. Diese bittersüße Lust! Sie fühlte sich so erregt, wie nie zuvor, obwohl sich alles nur im Kopf abspielte.

«Leg deine Hände auf den Rücken», wies er Serva an.

«Wir wollen doch nicht deine Strafe vergessen.» Ohne sie anzusehen, glitt seine Hand unter ihre Bluse und setzte die Klammer auf die rechte Brustwarze.

Die Brünette biss die Zähne aufeinander und schloss die Augen vor Pein. Sie stöhnte und keuchte leise, bis sie schließlich an zu Jammern fing. Ihr Teint war hellrot, diesmal nicht vor Scham, sondern vor Schmerz. Sie kämpfte – gegen die Qual, die Schmach und die Tränen.

Aber ihrem Herrn war das nicht genug. Er setzte die zweite Klammer auf den linken Nippel.

Elfie hielt für Sekunden die Luft an. Immer wieder stellte sie sich vor ihrem inneren Auge vor, wie die Zähnchen in die Nippel bissen und sich im zarten Fleisch vergruben. Warum tat er das? Serva hatte doch ihre anfängliche Abneigung überwunden und den Löffel mit dem eigenen Saft abgelutscht. Sie hatte sich klein vor ihm gemacht, den eigenen Stolz hinuntergeschluckt und gebettelt wie ein hungriges, abhängiges Kätzchen nach Milch. Und trotzdem holte er die Bestrafung nach. Wie grausam von ihm! Elfie verfiel dem Fremden immer mehr.

Da kam der Mann mit der Nickelbrille aus dem WC. Er sah, was vor sich ging, und hastete vorüber zur Theke, um bei der Kellnerin zu zahlen. Er lachte verlegen, blickte lüstern über die Schulter zu Serva und verließ das Café.

Serva wandte sich vor Schmerz. Sie beugte den Oberkörper vor und sah dabei aus, wie eine geschlagene Töle.

Doch ihr Herr legte die Hand auf ihre Wirbelsäule und sie streckte sie gehorsam wieder durch. Die harten Nippel stießen gegen den Stoff, aber auch die Klammern zeichneten sich deutlich ab.

Elfie trank ihre zweite Tasse Moccachino aus. Während der bittere Geschmack des Moccasatzes sich auf ihrer Zunge ausbreitete, bemerkte sie Wut in sich aufsteigen. Vielmehr war es Neid auf Serva, die diese Tortur am eigenen Leib erlebte, während Elfie ihn sich nur vorstellen durfte. Sie spürte ihre eigenen Brustwarzen, die hoch empfindlich waren, gegen die rauen Wollfasern ihres Pullovers reiben und nie eine Klammer tragen würden. Nicht nur Serva kämpfte mit Schmerz und Tränen, auch Elfie.

Der Fremde winkte Vera herbei, so selbstsicher, so erhaben, dass diese simple Geste Elfie erschaudern ließ. Er bestellte ein Glas Mineralwasser, dass die Kellnerin sofort brachte.

Kurz schaute sie auf Serva, deren Gesicht immer noch schmerzverzerrt war. «Geht es Ihnen nicht gut?»

«Doch. Danke», brachte die Brünette mit Mühe heraus, und Elfie befürchtete, dass jeden Moment Tränen über ihre Wangen rollen würden, doch das geschah nicht.

Vera zuckte mit den Schultern und begann die Zuckerdosen auf den einzelnen Tischen aufzufüllen. Sie unterbrach ihre Arbeit nur, als zwei Paare ins Café traten.

Ihr Herr sagte zu Serva: «Du solltest dich mehr bemühen!»

Seine Sklavin nickte nur stumm und senkte den Kopf.

Er weidete sich noch eine Weile an ihrem Anblick und fischte dann einen Eiswürfel auf dem Wasserglas. Lächelnd führte er seine Hand unter den Tisch. Sein Handrücken ruhte eine Weile auf ihrem Oberschenkel.

Da fiel Elfie das erste Mal auf, wie feucht die kleine Sklavin war. Zwischen den hellroten Schamlippen glitzerte es nicht nur, sondern der Saft tropfte sogar auf den Boden. Eine winzige Lache hatte sich dort bereits gebildet. Elfie war fassungslos. Nie in ihrem Leben war sie derart feucht gewesen. Nichts hatte sie so erregen können. Offensichtlich genoss Serva die Qualen, auch wenn ihr Gesicht etwas anderes ausdrückte. Und Elfie war sich in diesem Augenblick so sicher, wie noch nie in ihrem Leben – die Schmerzen, die Erniedrigung, diese Unterwerfung, das alles wollte sie auch erleben. Aber würde sie sich je trauen? Nein, schrie ihr Körper, der ihr mehr eine Last war als alles andere.

Dann berührte der Herr mit dem Eiswürfel den Venushügel der Brünetten. Serva sog hörbar Luft ein, wodurch ihr praller Busen sich ihrem Gebieter noch mehr anbot. Dieser ließ den Eiswürfel über den Venushügel wandern und bearbeitet ihre Schamlippen damit. Das Eis schmolz und tropfte zu Boden, wie zuvor Servas eigene Körperflüssigkeit. Ihr Herr drückte den Eiswürfel gegen ihre Klit. Der Würfel zog Kreise darum. Serva begann zu stöhnen. Sie schloss ihre Augen und legte den Kopf in den Nacken. Plötzlich wurde sie sich bewusst, dass sie sich an einem öffentlichen Ort gehen ließ. Sie riss die Augen auf und schaute zu Vera und den anderen Gästen. Lediglich die Kellnerin warf ihr hin und wieder einen seltsamen Blick zu. Sie schien zu spüren, dass etwas vor sich ging. Aber Serva konnte sich nicht beherrschen.

Ihre Lust wuchs. Schweiß trat auf ihre Stirn. Sie atmete schwer. Ihr Brustkorb hob und senkte sich.

Auch Elfie rang nach Luft, als wäre sie ein Teil von Serva. Sie ging mit ihr. Die Brünette krallte die Hände um die Stuhllehne und biss sich auf die Unterlippe. Ihr Gesicht war errötet vor Anstrengung, ihre wachsende Lust zu unterdrücken. Sie atmete immer schneller. Da nahm ihr Herr eine der Klammern ab. Serva jammerte leise.

Elfie konnte sich vorstellen, wie das Blut zurück in die Brustwarzen strömte. Die Zähnchen der Klammer mussten sich tief in den Nippel gebohrt haben. Ob sie Spuren hinterlassen hatten? Noch immer drückte sich die Brustwarze hart gegen den Blusenstoff. Bestimmt war sie so feuerrot, wie Servas Scham – und genauso erregt.

Die junge Frau zitterte nun. Ihr Herr nahm auch die zweite Klammer ab, ohne seine Penetration mit dem Eiswürfel zu unterlassen. Serva erschauderte. Dann wurde ihr Stöhnen immer lauter, zumindest für Elfie, die es gewohnt war zu beobachten und zuzuhören. Sie blickte zu den Damen am Tresen, die gackernd bei der Kellnerin zahlten, doch sie hörten es nicht oder taten zumindest so. Die beiden Paare jedoch starrten zu Serva. Sie glotzten ungläubig, tuschelten leise und legten sich gegenseitig die Hände auf die Oberschenkel.

Elfie war fasziniert. Sie erwischte sich dabei, wie sie selbst die Finger um die Lehnen krallte, dabei war sie einige Meter vom Szenario entfernt. Serva hechelte nun.

«Sieh mich an!», befahl ihr Herr und die Sklavin tat, wie ihr geheißen.

Artig schaute sie ihm in die Augen. Es fiel ihr schwer. Immer wieder schloss sie die Lider, riss sie jedoch sofort wieder auf. Dann hielt sie die Luft an. Sie verkrampfte sich. Serva gab einen leisen Schrei von sich und brach zuckend in sich zusammen.

Und Elfie traten Tränen in die Augen. Eine Zeit lang blieb sie regungslos. Kein Laut war im Café zu hören. Alle Gäste waren verstummt. Sie schauten auf Serva und hoben die Augenbrauen.

Kühl lächelnd drehte sich der Fremde zu Vera. «Wir brauchen dringend eine handvoll Servietten, bitte.»

Die Kellnerin schluckte und brachte sie ihm.

Elfie hörte eine Frau zu ihrem Mann sagen: «So was will ich auch mal erleben.»

Sie sprach Elfie aus der Seele. Die fühlte sich so erschöpft, wie die Sklavin sich fühlen musste. Mit ganzem Herzen war sie mitgegangen, war ihr auf dem Weg, der über Erniedrigung und Qual führte, zum Orgasmus gefolgt. Wie glücklich sich Serva schätzen konnte! Die Brünette bekam von ihrem Herrn gerade die Scham trocken gewischt, mitten im *Kleinen Wiener Café*, wie ein Kind, das auf einem Rastplatz Pipi gemacht hatte und nun den Hintern abgewischt bekam. Beschämt hatte sie ihren Blick gesenkt. Lediglich einmal hob sie den Kopf ein wenig, um Elfie ein entspanntes Lächeln zu zuwerfen.

«Trink!» Ihr Herr reichte Serva das Mineralwasser, das sie gierig trank, während er bezahlte. «Du läufst immer noch aus, meine kleine, geile Stute. Was machen wir denn da? Du hast ja kein Höschen dabei.» Er packte Wärmesalbe und Klammern in die Handtasche und holte ein neues Spielzeug heraus. «Steh auf! Der Plug wird den Saft in dir halten, zumindest eine kurze Weile.»

Offensichtlich war Serva zu aufgezehrt, um etwas einzuwenden. Sie sah ihn lediglich flehend an, schaute zu den älteren Damen hinüber, die gezahlt hatten und nun das Café kopfschüttelnd verließen und erhob sich wortlos. Er stellte den Plug auf ihren Stuhl und sie nahm wieder Platz. Schmatzend schloss sich ihre Vagina um den Plug. An seinem Ende befanden sich zwei Schnüren, die ihr Herr nun mehrmals um ihre Taille legte und verknotete. Dann blickte er Elfie an, die beschämt aus ihrer Moccachino Tasse trank, dabei war sie längst leer. Sie fühlte sich, als wäre sie Serva, als hätten sie Plätze getauscht. Doch sie saß weit entfernt. Sie war nur eine Beobachterin, wie immer in den letzten Jahren. Plötzlich wollte sie nur noch weg, denn Traurigkeit überkam sie, wie Serva der Orgasmus, traute sich aber nicht, sich zu bewegen. Der Schmerz der unerfüllten Leidenschaft zerriss sie innerlich.

Serva stand auf und ging zur Tür. Sie lief, wie auf rohen Eiern. Hatte sie Angst, den Plug zu verlieren? Fühlte er sich an, als wäre er so einvernehmend, wie ein Baumstamm? Nur zu gerne hätte Elfie das Gefühl kennen gelernt. Die beiden Frauen verabschiedeten sich mit einem Lächeln. Doch der Herr ging nicht einfach vorüber. Im Gegenteil! Er kam zu Elfie, deren Herz fast stehen blieb, weil sie wusste, dass er wusste, welche Macht er über sie besaß und wie sehr sie seine strenge Hand begehrte.

Er stützte sich mit einer Hand auf ihrer Armlehne ab und neigte sich nah zu ihr herunter. «Ich sehe, die Lust in deinen Augen, die Sehnsucht nach Schmerz, nach Kontrolle und Erniedrigung. Aber...», sein Blick würde mit einem Mal kühl, «...auch du musst erst beweisen, ob du es wert bist, dass ich meine kostbare Zeit dir widme. Ich befehle dir, morgen um die gleiche Zeit im Café zu sein. Vielleicht komme ich alleine. Vielleicht beziehe ich Serva mit in deine erste Erziehungsstunde ein.» Lüstern fügt er hinzu:

«Morgen werde ich der schüchternen Elfe Flügel verleihen, mitten im *Kleinen Wiener Café*.»

Dann ging er. Elfie blieb mit pochendem Herzen zurück. Es schlug ihr bis in den Hals. Sie konnte das alles nicht glauben. Hatte er das wirklich gesagt oder war es nur ein Wunschtraum? Würde sie tatsächlich am nächsten Tag wiederkommen, diesmal, um selbst dominiert zu werden? Würde sie den Mut haben, ihre Träume zu leben?

Vera trat an den Tisch. «Ein seltsamer Kerl, aber er hat etwas geheimnisvolles, irgendwie attraktiv.» Grinsend räumte sie den Tisch ab. «Und er hat Ihre Rechnung mitbezahlt.»

«Oh», brachte Elfie nur heraus. Wie großzügig! Genauso großzügig, wie sein Angebot, sie lustvoll leiden zu lassen. Es wurde Zeit, das Café zu verlassen. Sie wollte nur noch nach Hause, allein sein, um darüber nachzudenken, was sein könnte. Es brauchte nur ein wenig Mut.

«Bis morgen», rief Elfie der Kellnerin zu und rollte mit ihrem Rollstuhl hinaus in die frische Abendluft.

Carmen Rivera

Anale Fachkompetenz

(Diese Geschichte beruht auf einer wahren Begebenheit, nicht zum Nachahmen geeignet bzw. nur unter Anleitung ANALER FACHKOMPETENZ durchzuführen).

Alles begann an einem kalten stürmischen Wintertag, ich glaube, es war ein Mittwoch. Mein Anal-Sklave Herr G. hatte gerade seinen freien Nachmittag. Herr G. stellt mir sehr oft für meine Filmproduktionen seine dauergeile Arschfotze zur «Vergnügung» und ich pflege mit ihm inzwischen eine langjährige innige und tiefgehende Freundschaft, wenn Ihr versteht.

Wie fast alle Ehefrauen auf dieser Welt, weiß seine Frau natürlich nichts von seinen Spielereien und Vorlieben. Vielleicht wollen sie es auch nicht wissen oder sind sogar ganz froh darüber, wenn sie nicht bis zur Schulter in «seinem» Darmpalast verschwinden müssen, während ihr Bizeps seinen klaffenden Schließmuskel penetriert und der begierig pochende Puls seines zuckenden Darms ihre zarte Armhaut massiert.

Ach so, und im normalen Leben ist er als Bankkaufmann zu bestaunen. Meinen Bankkaufmann G. macht es also besonders scharf, wenn er seiner Neigung für extreme Anal-Dehnungsspiele mit seiner «heimlichen» Herrin nachgehen kann... Soweit, so schön.

Und weil er nichts lieber tut, als in seiner Freizeit mit seinen großen Spielzeugen – und ich meine wirklich groß, nicht diese kleinen Plugs aus dem Orion-Katalog – zu spielen, hat er sich wohl an diesem besagten Mittwochnachmittag gedacht, es wäre mal wieder Zeit für ein «kleines» Analtraining, bevor die Herrin Carmen ihn wieder vor die Kamera zerrt.

Frauchen ist währenddessen fleißig am Arbeiten in ihrer neu eröffneten Boutique, weit, weit weg von seinen Fantasien.

Nicht lange nachgedacht, hat er sich seinen 50cm vollgummierten Fick-Trainingsdildo rausgeholt und mit viel «Arschkleister» (ein selbstangerührtes Gleit-Gel in Pulverform, eine Empfehlung von der Herrin) sein Bestes gegeben, nämlich seinen Arsch!

Zentimeter für Zentimeter bohrte sich der Fick-Prügel tiefer und tiefer in seine Gedärme... dies setzt natürlich eine gewisse anatomische Gegebenheit voraus. Über diese verfügte Herr G. auf jeden Fall.

Langjähriges Training mit seiner fachversierten Herrin haben den Schließmuskel über die Jahre immer wieder herausgefordert und gnadenlos geweitet. Die Geilheit war groß und tief.

ZWEI

Nach einer gewissen Zeit waren fast die gesamten 50cm Dildolänge komplett in seinem pulsierenden Arsch verschwunden. Die Geilheit wuchs und er wackelte, aufgespießt, wie er war, ein wenig auf dem Spielzeug herum, vermutlich ein wenig zu viel.

Denn plötzlich schmatzte die Rosette einmal vernehmlich und das Ungetüm rutschte in seiner gesamten Größe hinter den Beckenknochen und war... futsch.

Die Rosette schloss sich, dankbar um den nachlassenden Druck und hatte den Dildo komplett in seiner Lustgrotte verschlungen. Das Ding war nun nicht mehr zu sehen und natürlich auch nicht mehr von außen greifbar.

Herr G. bekam nun ein wenig Panik. Durch seinen Kopf schossen die passenden Szenarien:

Die umstehenden Ärzte und Schwestern, denen er erklären musste, was da in seinem Darm steckte und wie es dort hineingelangt war. Dass man sich einen 50cm Dildo bei einem Sturz von der Leiter einfängt, würden sie ihm wohl nicht abnehmen.

Und wie würde seine Frau reagieren, wenn sie ihn hier finden würde, mit einer Analschlange im Darm, die jeder Beschreibung spottete?

Er versuchte, das Monstrum selbst zu greifen, aber während es relativ leicht ist, sich an den eigenen Hintern zu fassen, braucht man doch ein gewisses akrobatisches Training, um sich in den eigenen Arsch zu fassen.

Ganz zu schweigen davon, einen glitschigen Dildo aus seinem Innersten wieder hervorzukitzeln, der es sich dort gerade erst gemütlich gemacht hatte.

Letztendlich tätigte er den richtigen Notruf, er meldete sich bei seiner Herrin Carmen und erzählte von seinem Missgeschick, damit sie ihn vielleicht aus dieser verfänglichen Situation befreien könnte.

Die Herrin kam, sah und siegte... über seinen Arsch! Sie griff zum Handschuh und begann mit Goldgräbermentalität zu graben.

Sie öffnete das Tor zu seinem Darmpalast, fand den Fuß des Spielzeugs. Sie umfasste mit der ganzen Hand den Dildo, der mit seinen 7,5cm Durchmesser auch ein ordentliches Kaliber darstellt.

Langsam aber bestimmend zog sie nun das komplette Teil aus seinem Arsch heraus. Mit einem mächtigen Klatsch landete es auf dem Boden, die Arbeit der Herrin war für den Moment getan.

Herr G. war heilfroh, dass dies alles in einem für ihn sehr günstigem Zeitrahmen stattgefunden hatte. Nicht auszudenken, wenn die Ehefrau früher nach Hause gekommen wäre und ihn mit seiner «heimlichen» Herrin dort in dieser verfänglichen Situation erwischt hätte. Nervenkitzel pur an einem Mittwochnachmittag!

Das eigenwillige Prachtstück steht nun in der Vitrine meines Studios. Und jedes Mal wenn Herr G. zu Besuch kommt, blickt er ehrfurchtsvoll auf sein «ehemaliges» Spielzeug, das nun im Besitz der Herrin ist und nur dort zum Einsatz kommt wo «ANALE FACHKOMPETENZ» für ausreichend Spaß am Spiel sorgt.

Für mich war diese Episode aber ebenfalls lehrreich. Mir war nun endlich klar, dass es unter den Bankern die größten Arschlöcher gibt.

ALANA

DAS IST JA WIEDER TYPISCH!

PERVERSE ZEICHEN UND IHRE BESTEN EIGENSCHAFTEN

Der Perverse wird nicht – er ist! Und zwar von Anfang an. Er weiß, dass er unter einem speziellen Stern geboren ist. Der Stern leuchtet nicht nur, manchmal piekt er auch. Aber so soll es ja auch sein. Jeder Perverse weiß, dass er auf seine Weise pervers ist. Weiß er aber auch warum? Es ist ihm in die Wiege gelegt worden! Ja, genau, dieses Ding bei dem es dir immer so angenehm übel wurde, wenn die Mama sich etwas zu schnell bewegte und dabei den linken Mundwinkel so süffisant hochzog und du wusstest: Das ist immerwährende Mutterliebe.

HIGH-HEEL 21.3.-20.4.

Der nachtragende und risikofreudige High-Heel weiß für das ganze Jahr schöne Strafen. Dabei ist im Winter in Schlappen nackt auf dem Balkon stehen noch ein Sträfchen für lässliche Sünden, wie unaufmerksames Zuhören oder nicht rechtzeitiges Zubettgehen. Ansonsten ist es für den High-Heel charakteristisch, dass er absolut optimistisch und gesellig ist, so dass man ihn wohl viel auf Veranstaltungen antrifft, die tatkräftiges Zupacken erfordern. Gern bringt er dazu seinen eigenen Instrumentenkasten mit.

LEDERHOSE 21.4.-20.5.

Die charmante und doch eigensinnige Lederhose will gefallen. Dazu ist ihr beinahe jedes Mittel recht. Ob Dom, ob Sub, egal: Hauptsache mitgemischt. Allerdings haben großspurige Angeber und verklemmte Schöngeister ihre Chancen komplett verspielt. Diese Zeiten sind vorbei. Da geht die Lederhose lieber neue, eigene Wege. Jetzt ist die Zeit, sich hohe Ziele zu setzen. Da kann man auch überlegen, sich eine Wohnung im 6. Stock zu suchen. Macht auch einen knackigen Hintern.

Leonie Varrett

Mädchenabend

Der 1. Februar. Der Geburtstag meiner Freundin Isa. Die Nacht zuvor hatten wir schon ordentlich hineingefeiert und wollten es heute nur noch bei einem Gläschen Wein gemütlich halten. Die dritte im Bunde, Daniella, ließ nicht lange auf sich warten. Also saßen wir auf meiner Couch und schwatzten über den Alltag, die Stolpersteine auf der Arbeit, die guten alten Zeiten und die grässlichen Chips. In regelmäßigen Abständen quakte Isas Handy, wenn weitere Gratulanten persönliche Nachrichten schickten. Bei Anrufen verschwanden Daniella und ich nach draußen, nicht dass wir nicht erwünscht gewesen wären. Aber ich war mir nicht ganz so sicher, ob alle Anrufer für Ellas Ohren bestimmt waren. Die beiden waren zwar schon weit über 10 Jahre länger befreundet als Isa und ich. Jedoch bin ich überzeugt, dass unsere Freundschaft tiefer geht; wir teilen nämlich eine dunkelsüße Leidenschaft, die nicht bei jeder Hausfrau als gesellschaftsfähig durchgehen würde.

Wir wissen, wie sehr wir Männern überlegen sind, wie wir mit ihnen spielen können, wie wir sie keusch halten und damit auch an den Rand des Wahnsinns treiben können, bis sie alles für uns tun. Fast täglich tauschen wir neue Ideen und Gemeinheiten aus, die wir an unseren Ehesklaven ausprobieren. Manchmal ertappen wir uns dabei, wie wir über uns selbst sagen, wir wären einfach zu anders, entfernen uns zu sehr von der normalen Welt. Aber dann lachen wir, weil uns schon die nächste Bosheit zufliegt.

Bei einem erneuten *«Quak»* erschien Isas Gesicht ungewöhnlich überrascht, schnell erklärte sie uns, ihr Exfreund, den sie 15 Jahre nicht mehr gesehen habe, hätte ihr gerade gratuliert. Natürlich wurden wir anderen hellhörig. «Was will der? Der steht wohl noch auf dich?», feixten wir. «Bestimmt ist er gerade Single und checkt die Lage ab!» «Nein, nein – so einer war der nicht, immer ganz anständig; lieber langweiliger Kerl.» Bei dem Wort *langweilig* streifte mich Isas Blick und ich verstand, dass dies wohl für alle Bereiche gegolten haben musste.

«Los, bedank dich und mach ihn ein bisschen an!», stichelte Ella während sie unsere Gläser wieder füllte. *Quak-quak-quak.* Zu dritt begannen wir einen whatsApp Flirt mit Isas Vergangenheit. Eine weitere Flasche wurde aufgezogen.

Patrick war zurückhaltender als wir und antwortete nur mit höflichen Andeutungen. Daniella kam dadurch richtig in Fahrt und forderte ihn auf, er solle ein Foto schicken, wie er heute aussehen würde. Er wand sich jedoch aus der Affäre, ihm sei das unangenehm. Ich wollte schon darum bitten, dass es doch jetzt genug sei, als Isa ein Selfie von uns dreien vorschlug, schließlich hätten wir nichts zu verbergen. Das Bild untertitelte sie, mit nur Feiglinge würden nicht mitspielen und verabschiedete sich.

Prompt kam seine Antwort «Entschuldigung, wenn ich die Damen enttäuscht habe!». Ella prustete los: «Wie ist der denn drauf?», und diktierte «So ein unartiges Benehmen sind wir wirklich nicht gewohnt!».

Isa und ich tauschten erneut einen vielsagenden Blick. Was war denn hier los? Der Wein schien unsere Freundin ganz schön zu enthemmen, wer hätte das gedacht? Hatte sie zu viel in schlechte Romane geschaut? Zwischenzeitlich bettelte Patrick fast darum, es wieder gut zu machen.

Als Ella gerade grölte, er solle uns jetzt aber schon mindestens ein Schwanzfoto schicken, kam mein Mann zur Tür herein. Etwas irritiert sah er von einer zur anderen. Von Isa und mir mochte er solche Szenen gewohnt sein, die zusätzlich Anwesende verunsicherte ihn allerdings.

Mit nur uns beiden im Raum hätte er eine weitere Gemeinheit gegen seine Männlichkeit vermuten können, eine psychische Folter, eine Erniedrigung oder Züchtigung, doch Ella passte nicht in dieses Bild. Ob er erleichtert oder enttäuscht darüber war, ließ sich schwer sagen, auf jeden Fall schien er überrascht.

Mit einem «na Mädels, ihr habt ja Spaß?», versuchte er all diese Gedanken zu überspielen und gleichzeitig mich zu fragen, was hier eigentlich los sei.

Das Geburtstagskind schob ihn schulterzuckend auf einen freien Platz und ich holte ihm ein Weinglas, während Ella erklärte, wir würden uns gerade um eine wichtige ‹Erziehungslektion› kümmern.

Sichtlich entspannter, dass es sich wohl um einen Scherz handeln müsse, lehnte sich David zurück und beobachtete uns giggelnde Hühner.

Unser Chatpartner war inzwischen dabei, uns dreien mitzuteilen, dass er sogar unsere Füße küssen würde. Ich hielt es nicht mehr aus, entschwand in den Flur, um kurz darauf mit meinen Lieblingsheels zurückzukehren. Für das folgende Foto musste ich nichts sagen und Isa sendete unter dem roten Pfennigabsatz die Worte «Kannst du auch mit ‹Sowas› umgehen?». David füllte brav unsere Gläser, ohne auch nur einmal gefragt zu haben, mit wem wir da unsere Freude hatten.

Quak –

Vermutlich konnte sogar mein Mann unseren nächsten Schritt vorhersagen, nachdem Isa Patricks Nachricht vorgelesen hatte: «Egal welcher der Damen dieser Schuh gehört, ich vergöttere sie!»

Wie gut, dass wir alle Größe 39 tragen. Das nächste Foto zeigte bereits Bekanntes, einen hochgeschnürten Lackstiefel und ein Paar Plateaulackpumps mit Nadelstreifen, Text: «Wir können auch treten, auch gemeinsam, also Vorsicht!»

Die Antwort dauerte nicht lange und ich sah, wie David versuchte, etwas in seinem Schritt zu ordnen.

«Kein Mann kann es mit drei solch göttlichen Herrinnen aufnehmen. Ich fühle mich unwürdig, natürlich dürft ihr alles mit mir tun! Lasst mich euch dienen!»

Ella schrie auf «Mädels, das ist ja wie im Film! Wie gut, dass wir nicht bei mir sind, mein Mann wäre ja nicht so entspannt. Los, David lass dich mal für ein Bild missbrauchen!», und schon hatte sie ihr Bein mitsamt

Lackstiefel über seine Schulter und die Sessellehne geworfen. Ich zögerte nicht lange und drückte den spitzen Absatz in seine Wange. Isa lag halb am Boden, um den Plateauabsatz unter seiner herausgereckten Zunge zu platzieren und dabei einen guten Winkel für die Handykamera zu finden. Dass sie dabei den Blick unter ihren Rock freigab, und Davids Augen dorthin wanderten, ist eine andere Geschichte und ich merkte mir diese Verfehlung. Sehr gut.

Das Bild entschwand in den Cyberäther mit dem Zusatz «es gibt Sklaven, die das können, was könntest du uns also schon bieten?».

Quak – «wer auch immer dieser Mann ist, ich beneide ihn.» Dass es sich um den meinigen handelte, wurde schnell aufgeklärt und auch Patricks bewundernder Neid für unsere Art der Beziehung kam unverzüglich.

Ella, von diesem neuen Spiel fasziniert, fragte David nahezu ehrfurchtsvoll, ob er noch weiter mitmachen würde, da wir ja alle gerade solchen Spaß hätten.

Gut, dass sie dabei seine Erregung nicht bemerken konnte, denn seine Hand ruhte wie zufällig in seinem Schoß. Doch der erhöhte Puls war an seinem Hals deutlich auszumachen.

Ob Isa die Situation retten oder weiter anheizen wollte, lässt sich im Nachhinein kaum noch ausmachen.

Aber sie stichelte, dass doch Ella hier die Verklemmteste sei und besser den Mund nicht zu voll nehmen solle. Man konnte danach förmlich in Ellas Gesichtszügen ablesen, wie ihr Anstand in einer dunklen Ecke verschwand und dieses Glitzern ihre Augen durchhuschte.

Die nächsten Shots zeigten David kriechend am Boden, uns lachend hinter ihm.

Seine ausgestreckte Hand, die als unser Aschenbecher diente.

Eine auf ihm reitende Isa. Ich direkt dahinter, mit einer Gerte in der Hand.

Ellas Zunge an seinem inzwischen entblößten Oberkörper.

Als Belohnung *quakten* tatsächlich mehrere Schwanzfotos von Patrick in das Smartphone. Ella begutachtete die virtuelle Ware sehr kritisch und kam zu der Überzeugung, dass diese wohl viel zu klein und somit zu nichts zu gebrauchen wäre. «Los David, zeig dich mal, du wirst doch bei dem Vergleich sicher gewinnen, oder?», forderte sie weiter heraus.

Da ich keinerlei Widerspruch einlegte, war das Schicksal meines Mannes besiegelt; vogelfrei an unserem Frauenabend.

Sein Fleisch schnellte schneller hinter dem Reißverschluss hervor, als wir es für möglich gehalten hätten. Diabolisches Blitzen, in 6 Augen; die Worte kamen aus Isa: «Oh, da ist er aber wohl doch nicht wettbewerbstauglich, der Kleine.» Sie wollte folglich bestimmen, wohin die Reise gehen sollte, bevor Ella dazu kommen konnte, seinen Schwanz zu loben und ihm somit Oberwasser zuzugestehen.

Die gesamte Aufmerksamkeit wechselte zu mir. Ich schnippte gelangweilt gegen seine Hoden und ergänzte, «naja, ich muss eben damit leben!» David stöhnte auf und bei Ella brachen alle Dämme, als sie ihn mit Worten der Enttäuschung überschüttete. Das hätte sie nicht erwartet, erbärmlich sei er als Mann, eine echte Schande und selbst ihr Dildo zu Hause sei größer.

Ich war überrascht, wie gut ihr der verachtende Schwall über die Lippen kam. Doch ihr letzter Kommentar war zu gut um ihn ungenutzt zu lassen, jetzt wollte ich wissen, ob auch Ella eine Grenze hatte und hastete ins Schlafzimmer. Zurück kam ich mit unserem Umschnalldildo, wie ein Matador wedelte ich damit vor Davids Gesicht, der zwischenzeitlich auf allen Vieren vor den Damen kniete.

«He, Ella – darum befriedigt er mich auch meistens mit diesem Wunderteil, weil sein Schwänzchen kaum größer als eine Klit ist!», erklärte ich mein Mitbringsel.

Ehrfurchtsvoll strich Isa über die großen Latexadern und versetzte David mit dem Knie einen leichten Stoß. Dabei sagte sie: «Ach Ella, da wünscht man sich direkt ein Kerl zu sein, wenn man solch ein Prachtstück sein eigenen nennen könnte, was meinst du?»

Ella streckte die Hände nach dem Strapon aus, ich mutmaßte, dass sie noch nie einen berührt, geschweige denn getragen hatte. Über ihrer Leggins trug sie noch immer meine Lackstiefel und als sie die Klickverschlüsse ihrer neuen Macht um die Hüften einrasten ließ, sah sie aus, als habe sie ihr Leben lang nichts anderes getan.

Sie machte einige Bewegungen und beobachtete ihr neues Körperteil. Vorsichtig schob ich sie auf David zu, der unter Isas zwingendem Blick die Lippen öffnete und sogleich die feste Gummi-Eichel liebkoste. Ella stöhnte auf, als wären ihre Nervenbahnen fest mit allem verbunden.

«Na, ist das ein guter Schwanz? Bist du etwa doch ein Mädchen, das gerne Schwänze lutscht?

Wer das Sagen hat, ist auch derjenige, der ficken kann. Und wer hat hier das Sagen?», drängte Isa.

«Ihr, ihr drei habt das Sagen!»

«Nein David, nein – sag uns, wer von uns dreien die Macht hat zu ficken?», mischte ich mich in den bizarren Dialog ein und knetete seine Pobacken, auf die ich bei falscher Antwort sofort meine Handfläche niederrauschen lassen würde.

«Es ist Daniella, glaube ich.», stammelte er.

Klatsch! «Wie bitte? Wie hast du sie angesprochen?»

«Verzeiht, Lady Daniella!».

Ella strahlte über das ganze Gesicht und ließ ihren Penisschaft weit in Davids Mund gleiten. Sprechen war nun überflüssig.

Sie ergriff das Wort: «Hättest du das gerne? So richtig genommen zu werden, von einem echten Schwanz, einem großen?»

«Hättest du das gerne?»

Ein verschämtes Nicken und dann heftiges Saugen, Speichel tropfte auf den Teppich.

«Macht dich das geil?», wollte Isa wissen, die Ella beiseite drängte, damit sie zu mir gehen konnte. Bei dieser Frage hielt sie ihr kurzes Röckchen hoch und entblößte ihre rasierte Scham.

Ich nickte Ella aufmunternd zu, als sie neben mir an Davids Hinterteil stand, das er uns entgegenreckte.

Mit meinen Fingern hatte ich begonnen, seinen Schließmuskel zu massieren und konnte nun Ellas neuem Schwanz den Weg frei geben.

Das leise Piepen meines Handys vernahm keiner der drei, als ich mich einige Schritte von dem Schauspiel entfernte und die Aufnahme startete. David leckte Isa mit einer Hingabe, die mich fast neidisch machte, während Ella zunächst zaghaft und dann immer schneller seinen Arsch penetrierte. Ihr Gesicht glühte dabei, sie warf immer wieder ihre Haare zurück und ich hätte schwören können, dass sie so erregt war, dass mein Strapon hätte ejakulieren müssen.

Orgastisches Schreien von Isa beendete auch Ellas Bewegungen. Als sie sich zurückzog ersetzte ich den Schwanz mit meinen geübten Fingern und massierte Davids Prostata, während ich mit der freien anderen endlich auch seinen Schwanz massierte; etwas echte Erleichterung hatte er für heute wirklich verdient.

Ella starrte mich dabei fasziniert an und nahm Isas Position, die sich inzwischen auf der Couch räkelte, ein.

Am nächsten Morgen war der Akku meines Handys platt – ob ich es tatsächlich im Büro laden sollte?

Wieso nicht? Anscheinend war die Welt gar nicht so weit von uns entfernt, wie wir immer dachten. Oder wir hatten einfach eine Neue gefunden, die ab jetzt zu uns gehörte.

AXEL HILDEBRAND
MONSTER

Bohnern.
Hoppeln.
Einzipfeln.
Eine Bifi in die Laube werfen.
Den Biber räuchern.
Die Ente stempeln.
Den Lachs reinhängen.

In seinem Kopf kreisen viele Gedanken. Aber alle mit einem Thema.

Geschlechtsverkehr.

Als er zum letzten Mal so richtig in die Grotte geleuchtet hat, da waren noch ein paar Haare auf seinem Kopf. Das war vor dem Unfall. Und vor dem Euro.

Ihren Namen weiß er nicht mehr.

Lange her.

Stefan sieht an sich runter. Da steht er. Wie die Pyramiden. Beeindruckend aber inzwischen nutzlos. Nur noch zum Anschauen. Keine toten Könige mehr verfügbar. Ein Monument aus fernen Tagen.

«Was mach ich mir der Scheiß-Latte?»

Stefan streift den Bund der Jogginghose runter.

Ta-daaa!

Federt hoch, wie diese Belagerungskatapulte in den Ritterfilmen.

Irgendwie sehen sie sich ähnlich. Beide kahl und nicht frisch gewaschen.

Ist das so? Wie bei Herrchen und Hund? Gleicht sich das Gesicht an? Ähneln olle Männer ihren ollen Pimmeln?

Stefan findet schon.

Nur dass der Pimmel keinen Unfall hatte. Der war gut geschützt unter dem Lenkrad. Hinter der Kunstlederbauchtasche. Der Vogel ist ein gutes Stück höher in die Windschutzscheibe geknallt. Die Scherben flogen über ihn hinweg. Stefans Auge musste dran glauben.

Später meinte der Gutachter, dass das echt selten passiert. Weil das ja Sicherheitsglas ist. Und eben keine scharfen Ecken hat.

Die stumpfen Glasbrösel haben aber ich gereicht. Hält eben nicht viel aus. So'n Augapfel.

Und jetzt, wo Stefan nochmal drüber nachdenkt, ist es irgendwie lustig. Ein Vogel.

«Geht immer um irgendwas mit Vögeln, in meinem Leben.»

«Was mach ich jetzt mit der Scheiß-Latte?!»

Sein Ständer wirft einen Schatten auf den Fußboden.

Es ist ein großer Schatten. Zwerge werfen ja enorm große Schatten. Aber seiner ist kein Zwerg. Eher ein Monster.

Stefan wundert sich kurz, dass der Schatten kleiner ist, als das Ding, das ihn wirft. Muss an der Position der Lampe liegen.

Stefan weiß, dass er einen gewaltigen Penis hat. Sowas kriegt man früh mit. Schon in der Schule. Beim Sport.

«Ey, Fleischwurst!»

Stefan war das erst peinlich. Dann merkte er, dass Neid hinter den Sprüchen steckte.

Für das Ego von einem pickligen Jungen ist das nicht übel. Wenn man einen Riesen in der Hose hat. Nur beim Schwimmen. Aber dazu gibt es ja Boxershorts.

Jetzt schreiben ja alle immer, dass kleine Penisse der Grund für ein schlechtes Sexualleben sein können. Dass kurze Stöpsel die Ehe gefährden. Und dass Frauen – auch wenn sie meinen, dass es auf die Technik ankommt und auf die Fantasie – nicht wirklich befriedigt werden können, von so einem Schniepelchen.

Stefan hat gelernt, dass es noch ganz andere Probleme geben kann.

Dass es eben doch auf die Größe ankommt. Und dass auch Frauenkörper ihre Grenzen haben.

Seine erste, richtige Freundin hieß Daniela. Klassenkameradin. War alles ganz romantisch. Mit Händchenhalten und stundenlang Knutschen. Dabei blieb es aber nicht.

Und da war Stefan dann wieder Single.

Weil Daniela gebrüllt hat. Vor Schreck. Vor Ekel. Und weil sie es nicht mal ausprobieren wollte. Obwohl Stefan sie gebeten hat.

«Och, nur einmal.»

Daniela hatte offenbar ein sehr gutes Augenmaß und lehnte ab.

Stefan war verstört. Er begriff nicht, wo das Problem liegt. Na, schön. Seiner war irgendwie größer, als der Durchschnitt. Aber da jetzt gleich Schluss machen?

Naja. Die Sache mit dem Durchschnitt.

Damals musste man noch in diese Shops gehen. Und

sich die Heftchen und Filme in schwarze Plastiktüten packen lassen. Damit keiner sieht, was man gekauft hatte. Dabei gab es außer in Sex-Shops keine einzige Branche im Einzelhandel, die sonst noch schwarze Tüten verwendete. Also hätte man auch gleich «Wichsmaterial» draufschreiben können.

Heute gibt's Internet.

Da hätte Stefan schneller festgestellt, dass seiner nicht einfach größer war, als der Durchschnitt. Seiner war das Ungeheuer von Loch Ness der Penisse. Etwas, das eher geeignet ist, um Tokio damit anzugreifen.

Stefan wurde ein sehr einsamer, junger Mann. Schüchtern eher. Weil er wusste, dass nach dem Fummeln und Knutschen wieder der Teil mit dem Schreien und Weglaufen kommt.

Irgendwann war Stefan soweit, dass er es wissen wollte. Wie sich das anfühlt. Er war schon 23 und so langsam hatte er keine Geduld mehr.

Natürlich hatte er zu dem Zeitpunkt schon an sich rumgespielt. Ausführlich. Mit beiden Händen meistens. Und das war nicht übel. Aber eine richtige Frau... es musste schon noch einen Unterschied geben. Sonst wären nicht alle so verrückt danach.

Also eine Nutte.

«Faust ist meine Leidenschaft», stand in der Anzeige.

Stefan hatte jetzt keine Fantasien in der Richtung Fisten, aber das Versprechen der Dame ließ ihn hoffen, dass sie entsprechend... großzügig gebaut war. Untenrum. Und für 300 Mark konnte man schon erwarten, dass sie nicht wegläuft.

Carmen, nannte sie sich. Und war schon über 40. Und

sie meinte, die hätte schon alles durch. Tennisbälle. Modelleisenbahnen. Stofftiere. Und einmal sogar einen geilen Glatzkopf.

Carmen hatte auch – als Vollprofi – keine großen Erwartungen. Wenn einer anruft und sagt, dass sein Willy besonders groß ist, dann stimmt das meistens nicht. Männer halten gerne mal das Lineal falsch an, wenn es um diese Art von Selbsteinschätzung geht.

Aber dann musste Carmen staunen. Und sterben.

In der Reihenfolge.

Carmen hatte gute Hoffnung, was den Durchmesser anging. Leider hatte sie sich bei der Länge verschätzt.

Stefan hatte eine gute Zeit. Zuerst. Dann rammelte er doller und tiefer. Und als er kam, erlag Carmen ihren inneren Verletzungen.

Kacke!

Stefan schlich sich davon.

Beschämt. Und unerkannt.

Die Polizei war damals noch nicht so weit, mit den DNA-Spuren. Und mit Telefonüberwachung erst recht nicht.

In der Zeitung stand was von einem «Stumpfen Gegenstand – vermutlich eine Dachlatte oder der Stiel einer Axt».

Stefan kannte die Wahrheit.

Und bleib wieder allein.

Sein Schwanz war also tödlich.

Wie geht man damit um?

In der Welt der Superhelden wäre Stefan sicher in einem passenden Kostüm zum Superschurken geworden. «Dr. Pimmel». Oder «Mister Durch-die-Wand». Oder vielleicht nur «der einäugige Schrecken».

So lebte Stefan weiter allein. Pflegte nebenbei seine kranke Mutter. Bis die Ärzte den Daumen nach unten hielten. Ihre Zeit war gekommen. Und Stefan wurde klar, dass er in Zukunft noch mehr allein sein würde. So sehr ihn auch dieses Betutteln, Waschen und Windeln wechseln nervte. Aber sie war seine Mutter. Und sie hatte viel für ihn getan. Er war ihr was schuldig. Er musste was für sie tun. Medizinisch ging nichts mehr. Aber menschlich vielleicht? Ein letzter Akt der Gnade. Stefan konnte seiner Mutter den Frieden geben. Sie vom Schmerz erlösen.

Und das tat er dann auch. Es fiel ihm leichter als gedacht. Zum ersten Mal in seinem Leben hatte er Sex, ohne vom Ergebnis überrascht zu sein.

Und sein Gegenüber war auch noch erleichtert, als es passierte. Das war neu für Stefan. Er fühlte sich eine kurze, schöne Zeit nicht mehr wie eine Missgeburt. Er hatte sein Talent entdeckt. Er konnte Menschen helfen.

Drei, vier Monate arbeitete er als Ehrenamtlicher im Hospiz. Er half in dieser Zeit fünf Frauen und drei Männern. Aber wenn er ganz ehrlich war – er half auch sich selbst.

Stefan blühte auf. Nur kurz. Dann kam die Polizei. Irgendwer hatte wohl doch eine Obduktion veranlasst und dann war er wieder allein. Und deutlich under-fucked.

«Diese Scheiß-Latte geht einfach nicht weg!»

Stefan sieht aus dem Fenster. Wird langsam dunkel. Dunkel ist gut. Da ist man nicht so leicht zu sehen. Und die Nummer mit dem Karton fällt nicht so auf.

Stefan hat sich ein Zalando-Paket zurecht geschnitten. Mit einem Loch hinten drin. Wenn er seinen Steifen da rein steckt und die Hände seitlich platziert, sieht es aus, als würde er einen Karton vor dem Bauch tragen. Einen großen Karton. Seine Winterstiefel waren da ursprünglich drin. Die hohen. Die bis weit übers Knie reichen.

So kann man auf die Straße gehen. Und Stefan wird auf die Straße gehen. Es gibt keine andere Möglichkeit. Heute Nacht ist es wieder soweit.

Früher spürte Stefan rechtzeitig, wenn solchen Momente kamen. Dann blieb er entweder zu Hause oder ging auf die Jagd. Zum Beispiel ins Schwimmbad. Am liebsten wenn es so richtig voll war. Da ist überall Lärm. Da kommt es auf ein Kreischen mehr nicht an.

Unter Wasser ist die Badehose schnell abgestreift und das Wasser verzerrt sowieso alles dermaßen – niemand war jemals das riesige Ding aufgefallen. Vom Beckenrand aus, zumindest. Die Frau, die er sich ausgesucht hatte... der fiel das schon auf. Aber zu spät meistens. Wenn sie schon aufgespießt war. Wenn sie meistens gar nicht so schnell schreien konnte, bevor sie das Bewusstsein verlor.

Und danach konnte man einfach weiterschwimmen. Bis die Leiche gefunden wurde, dauerte meistens Stunden.

Da war Stefan schon längst wieder zu Hause.

Ach, er liebte seine Ausflüge ins Spaßbad. Das machte ihm Spaß. Einmal hat er sogar den Mindestabstand bei der Wasserrutsche missachtet. Ist gleich hinterher. Und bevor er unten ankam, war schon alles vorbei.

Ja, besonders ausdauernd war Stefan nie. Wie ein Kaninchen.

Natürlich stand er längst auf allen möglichen Fahndungslisten. Aber eben ohne Personenbeschreibung. Und wie sollte man auch jemanden finden, dessen Tatwaffe den Ermittlern solche Rätsel aufgab? Und Einlasskontrollen fanden Stefans Waffe nie.

Er blieb ein Phantom.

Stefan ist mit den Jahren ruhiger geworden war. Und älter. Und dann war ja da auch noch der Unfall. Seit dem wurde die Akte auch beiseite gelegt.

Aber Stefan war noch aktiv. Nur eben seltener.

«Was mache ich mit der beschissenen Latte?!»

Er zieht sich den Karton an. Bindet den Mantel. Und los.

Die kalte Nachtluft kann seiner Latte nichts anhaben. Beton.

Ein Glatzkopf mit einem Auge. Stefan sieht seine Spiegelung in einer Schaufensterscheibe und muss lachen. Er sieht selbst aus, wie ein Pimmel. Soll niemand sagen, er wäre nicht gewarnt worden!

Stefan kommt an ein paar Bushaltestellen vorbei. Nichts Geeignetes dabei. Jetzt, wo es so selten geworden ist, sucht Stefan genauer aus. Er ist mit den Jahren wählerisch geworden.

Niemand achtet auf den seltsamen Kerl, mit dem Zalando-Karton. Niemand wundert sich, zu welcher Post er den um die Zeit noch bringen will.

Stefan steuert ein Parkhaus an. Da sind heutzutage zwar überall Kameras, aber er weiß genau, dass die Treppenhäuser sicher sind. Und seit es Frauenparkplätze gibt, findet er viel schneller sein Ziel.

Stefan wartet. Nicht lange. Da fährt dieser Fiat vor. «Tussi on tour» steht auf dem pinken Aufkleber. Fein! Das passt.

Die Fahrerin steigt aus. Heftig geschminkt. Haare gefärbt. Minirock. «Tussi» ist schon gut beschrieben. Vielleicht etwas zu dick. Aber Stefan steht auf etwas mehr Volumen. Da besteht keine Gefahr, dass er sich weh tut. Wie damals. Bei der Magersüchtigen. Als er gleich beim ersten Stoß durch ist. Und er sich die Eichel an der Rauhfasertapete hinter ihr böse aufgeschürft hat. Ausgerechnet Rauhfaser.

Dick ist gut. Und die hier hat genug Reserven.

Sie geht quer durch das Parkdeck zum Treppenhaus. Stefan folgt ihr. Den Karton hat er auf ihren Hintern gerichtet. Wie eine Zielvorrichtung. Müsste man noch ein Fadenkreuz drauf malen. Auf den Karton. Wär lustig. Aber das würde seine Tarnung lächerlich machen.

Die «Tussi» ist erstaunlich schnell. Schon Scheiße, dass jetzt alle diese Sneakers tragen. Das Leben war leichter, als die Absätze höher waren. Und Stefan wird ja auch nicht jünger. Aber er holt auf. Sie hat schon die Klinke in der Hand. Stefan macht große Schritte. Die ist perfekt! Er muss sie haben! Außerdem schmerzt seine Monster-Canneloni langsam. Und er hat Schwindelgefühle. Zieht einfach zuviel Blut aus dem restlichen Körper, so ein Ding.

Aber gleich! Stefan setzt zum Endspurt an...

...und sieht diesen Cayenne nicht. Und der Fahrer des Cayennes sieht ihn auch nicht. Also rechtzeitig. Jetzt schon. Im Scheinwerferkegel. Der Opi mit dem Zalando-Karton. Keine zwei Meter vor ihm.

Bremsen hat wenig Sinn. Macht man trotzdem. Aber man weiß, dass es keinen Sinn hat.

Stefan ist überrascht. Er schafft es noch, sich umzudrehen. In die Scheinwerfer zu starren. Wie so ein blöder Hirsch. Ein Hirsch mit einem Geweih aus Fleisch. Versteckt im Karton.

Was einem für Scheiße durch den Kopf geht in den letzten Sekundenbruchteilen!

Der Aufprall ist hart. Und der Cayenne ist vorne am Kühler ziemlich hoch. Pech, dass Stefan sich noch umgedreht hat. Jetzt ist es ein Frontalaufprall. Mit einem Pappkarton als Knautschzone.

Stefan spürt zum ersten Mal, wie sich das anfühlt. So einen gewaltigen Spieß aus Fleisch in den Körper gebohrt zu bekommen. Und Stefan denkt noch, wie merkwürdig es ist. Sich selbst zu penetrieren. Und wie warm und nett es ist. Am Anfang. So als würde man sich bei Eiseskälte selbst auf die Schuhe pinkeln. Die ersten Sekunden sind schön warm. Dann wird es doof. Aber das merkt Stefan nicht mehr.

Er sackt zusammen. Der Karton fällt von ihm ab. Ist ja jetzt leer. Alles, was darin versteckt war, ist jetzt durch Stefans Unterleib genagelt worden. Er blickt an sich herunter und sieht zum ersten Mal, wie es gewesen wäre, wenn er einen normal großen Penis gehabt hätte: Eine kleine, blutige Beule nur. Kein Monster. Alles ganz normal.

Und Stefan schließt sein gesundes Auge. Legt den Kopf zurück und lächelt. Nicht ohne Ironie, diese Situation.

«Ich bin gefickt worden», sind seine letzten Worte.

Manuela Ausserhofer

Sexfreuden

Heute ist mein erster Tag. Mein erster Tag in meinem neuen Job. Naja, Job kann man es beinahe nicht nennen. Ich habe eine Stelle als Vertretung angenommen, um mir das Taschengeld neben dem Studium etwas aufzupeppen. Die Bekanntschaft zu einem ehemaligen Nachbarn von mir, der nun schon seit etwa 20 Jahren einen kleinen Sex-Shop führt, brachte dann schnell die Dinge ins Laufen. Er bot mir die Stelle als Aushilfe in seinem Shop an und deshalb stehe ich nun hier. Hier in diesem kleinen Laden, der sich in drei Räume aufteilt. Nach einer kurzen Einschulung, die mir erklärte, wo man was finden könnte und wie auch das System funktioniert, wird mir am ersten Tag auch schon gleich der ganze Laden für einige Stunden alleine überlassen.

Das kleine Geschäft, das sich «Sex Shop Deluxe» nennt, befindet sich in einer Gegend, die etwas heruntergekommen ist. Besonders nachts zieht hier schon so manches Gesindel seine Runden. An «Deluxe» erinnert hier eigentlich gar nichts. Das Ganze wirkt auf mich eher nach einem kleinen Underground-Laden, als nach einem luxuriösen Erotik-Store. Aber egal, legen wir doch anfangs mal alle Vorurteile beiseite. Der Chef meinte auch, dass die Arbeit generell sehr ruhig sei und dass ich viel Zeit zum Lesen bzw. Lernen hätte. So schlimm kann es ja dann auch gar nicht werden.

Es ist kurz nach zehn Uhr am Vormittag, vor wenigen Minuten hab ich die Türen aufgeschlossen und bin gespannt, welche Leute hier im Laufe des Tages noch reinkommen werden. Ich schalte die Lichter ein, sperre die Kasse auf, die noch händisch geführt wird und nur mit einem kleinen Schlüssel nachts verschlossen ist. Eine kleine Spur Nervosität ist auf jeden Fall spürbar. Ein Mitgrund für das leicht mulmige Gefühl ist wohl auch, dass mir der Chef bei der Einschulung noch erklärt hat, dass sämtliche Überwachungskameras nur Fake seien. Ich solle aber keineswegs beunruhigt sein, sollte jemand versuchen mich zu überfallen, bräuchte ich nur einen Knopf drücken. Er zeigte mir ein kleines weißes Kästchen, das unter der Verkaufstheke beim Computer steht. Grad mal rund 2 x 3 Zentimeter groß mit einem kleinen Knopf auf der Oberseite. Ich müsse einfach nur auf diesen Knopf drücken und binnen zwei Minuten würde die Polizei da sein. Auf die Frage hin, was denn wäre, wenn der Knopf nicht funktionieren sollte, meinte er nur, dass das sicher nicht passieren würde. Er selbst hätte den Knopf zwar noch nie ausprobiert, aber zur Not habe ich ja auch ein Pfefferspray unter der Theke. Na, wenn das mal nicht beruhigend ist...

Aber egal, man soll den Teufel ja bekanntlich nicht an die Wand malen und warum sollte gerade jemand diesen kleinen Laden ausrauben, in genau diesen wenigen

Stunden, wenn ich alleine hier bin? Das wär ja auch ein besonders mieser Zufall. Ich verscheuche die unguten Gedanken und versuch mich auf die neue Arbeit zu konzentrieren. Und hierfür ist es auf jeden Fall erst Mal notwendig, dass ich mich mit dem Geschäft etwas vertrauter mache.

Der Eingangsbereich, wo auch die Verkaufskasse mit gemütlichem Ledersessel und Computer steht, ist zugleich auch der eigentliche Hauptraum muss ich feststellen. Sämtliche Utensilien, die das Sex-Leben versüßen sollen, befinden sich in diesem ersten Raum, der mit seinen rund 20 Quadratmetern beinahe bis zum Platzen gefüllt ist. An den Wandregalen gibt es allerlei Dinge, die den meisten wohl bekannt sind. Etliche Dildo-Varianten, von den schwarzen XXL-Geräten, die man auch leicht als Knüppel zweckentfremden könnte, hin zu kleinen mit Glitzersteinen verzierten Mini-Dildos, die man zusammenklappen kann, damit sie am Ende wie ein Lippenstift aussehen und sogar in jede Handtasche passen. Besonders amüsant finde ich auch ein kleines Vibrations-Ei, das man über Bluetooth mit dem Handy verbinden und dadurch steuern kann. Schon jetzt kann ich mir ein Grinsen nicht verkneifen, wenn ich dran denke, welche Damen sich diese Accessoires wohl kaufen? Oder Herren? Ich bin gespannt, ob ich auch das noch herausfinden werde.

Daneben gibt es jede Menge Spielzeug für die Herren. Ein Regal ist besonders auffallend und auch der Chef meinte, dass das der momentane Renner sei. Luxuriös aussehende Taschenmuschis, deren Name mich zuerst an eine Taschenlampe erinnert, aber wohl momentan in der Männerwelt der totale Burner sei. Diese Teile gibt es hier in wohl 30 verschiedenen Ausführungen, auf den Schachteln die Bilder etlicher verschiedener Pornodarstellerinnern. Was die verschiedenen Ausführungen voneinander unterscheidet? Das Innenleben. Denn das wäre anscheinend genau den Porno-Sternchen nachempfunden. Die jeweiligen Muster der Innenseiten sind auch auf den Schachteln sichtbar. Dann bleibt bei mir nur noch die Frage im Kopf: Welche Alte hat ein geripptes oder gezacktes Teil da unten? Aber gut, jedem das seine. Nachdem ich den Preis gesehen habe, könnte ich mir schwer vorstellen, dass die so guten Absatz finden. Um das Geld bekommt man ja schon fast eine echte Frau.

Im nächsten Regal 50 verschiedene Gleitgele und Öle, von Vanille-, hin zu Wassermelone-, zu Tannenzapfen- oder Bananengeschmack. Das obligatorische 50 Shades of Grey-Papp-Plakat darf natürlich auch nicht fehlen und in dieser Ecke kann man auch alles finden, was das Bondage- oder SM-Herz höher schlagen lässt. Von simplen Seilen, Masken, Handschellen hin zu Klistier-Werkzeug und Mundsperren wie man sie von Gottfried Helnweins Werken kennt. Irgendwie sehen die ja ganz spannend aus, das Klistier-Werkzeug lässt aber trotzdem einen kalten Schauer über meinen Rücken laufen.

Den Hauptraum habe ich beinahe durch, natürlich gibt es noch viel mehr. Kondome in 1000er Packungen. Sprays, die die Standfähigkeit der Männer verbessern sollen. Gels, welche die Gefühlsfähigkeit der Frauen verstärken soll. Tabletten, die beides schaffen sollen. Pheromon-Spray für den Mann und die Frau, damit sie erotischer und verführerischer riechen sollen. Irgendwie wirken diese ganzen Produkte auf mich ziemlich obskur und ich kann mir nicht vorstellen, dass die Leute an solche Sachen glauben, geschweige denn, dass sie wirklich funktionieren.

Plötzlich geht die Tür auf und ich werde unsanft aus meinen Gedanken gerissen. Ein junger, sehr gepflegter Herr betritt das Geschäft und grüßt schüchtern aber freundlich. Er trägt einen hellbraunen Cord-Anzug, lässige blaue Jeans dazu und ein trendiges T-Shirt. Er dürfte wohl auch so in meinem Alter sein. Ich bin etwas aufgeregt vor der ersten Kundschaft und frage, ob ich ihm helfen könne. Er schaut mich etwas verlegen an und meint: Nein, er wisse schon, wo das sei, was er sucht. Gut, denk ich mir und frage nicht weiter. Der junge Mann geht vom Hauptraum in Raum 2, in dem sich – genauso wie in Raum 3 – nur DVDs befinden.

Als ich zum ersten Mal gesehen habe, dass zwei der drei vorhandenen Räume nur mit Pornos gefüllt sind, war ich etwas skeptisch. Wer kauft sich in der heutigen Zeit – wo man jederzeit und überall Internetzugang hat – noch teure Filme? Der Chef meinte, dass das noch immer genügend Leute tun. Ich beließ es dabei und tat mal so, als ob ich ihm glauben würde. Ich könnte mich ja selbst in Zukunft davon überzeugen, ob das wirklich der Fall wäre.

Nach rund zehn Minuten kommt der junge Mann zurück. Lächelt plötzlich mehr als zuvor. Er scheint wohl das gefunden zu haben, wonach er gesucht hat. Er schaut mich an, dabei seh' ich sein doch sehr außergewöhnliches Gesicht zum ersten Mal genauer. Er hat gezupfte oder vielleicht sogar tätowierte Augenbrauen. Auch sein Gesicht scheint makellos, keine Narben, keine Pickel. Beim zweiten Blick merke ich erst, dass er wohl eine dünne Schicht Make-Up aufgelegt hatte. Ich versuch ihn nicht noch länger anzustarren.

«Na, sind Sie fündig geworden?», frage ich, um mich selbst abzulenken. «Ja, auf jeden Fall», meint er und reicht mir drei DVD-Hüllen rüber. Als ich sie ihm abnehme, fallen mir auch die lackierten Fingernägel zum ersten Mal auf. Ein hellrosa Farbton benetzt seine Nägel, den man zuerst gar nicht wahrnimmt, erst bei genauerem Betrachten merkt man, dass er da ist. Als ich auf die Hüllen blicke, wird mir schnell einiges klar. Die drei von ihm gewählten Filme offenbaren sogleich einen großen Teil seines Privatlebens.

«Hilfe! Meine Freundin hat nen Schwanz!» liegt auf dem Staffel ganz oben. Darunter erwartet mich bereits das amüsante Cover von «Transmageddon» und den finalen Abschluss bildet die «Shemale-Orgy in public». Er bezahlt mir 90 Euro – und ja, die drei Filme waren sogar im Sonderangebot, ein jeder für nur 30 Euro erhältlich. Ist ja beinahe ein Schnäppchen. Auf jeden Fall scheint er glücklich zu sein, verlässt zufrieden mit einen Grinsen auf den Lippen den Laden, winkt noch kurz zurück und stolziert mit seinen Filmen – die blickdicht in einer simplen Plastik-Tüte von mir verstaut wurden – die Tür hinaus, die danach mit einen lauten Knall wieder einrastet.

Das war sie also, meine erste Kundschaft und jetzt, wo ich wieder alleine bin, muss ich doch grinsen. Es ist schon spannend, wie sich eine Person nur durch ihren Einkauf hier drinnen offenbart und sogar auf irgendeine Art und Weise bloßstellt. Man weiß plötzlich die intimsten Leidenschaften eines Menschen, der einem vor wenigen Sekunden noch als vollkommen Fremder erschien. Irgendwie faszinierend...

Wenn jemand einen Film kauft, müsse ich die Regale mit passenden Filmen wieder auffüllen, wurde mit von Clemens, dem Inhaber des Ladens, bei der Einschulung gesagt. Das ist nun auch ein guter Moment, in dem ich mir mal genauer anschauen kann, welche Filme und besonders welche Genres es hier im Laden überhaupt zu kaufen gibt.

Ich gehe also in den zweiten Raum und betrachte die Wände um mich herum. Das Fenster hinaus zur Straße ist in diesem Raum, genauso wie im Eingangsbereich, mit dicken schwarzen Vorhängen zugezogen, damit kein Licht des Tages rein und kein Funken nackter Haut hinausdringen kann. In den Auslagen liegen nur wenige Artikel, die den Laden nicht unbedingt einladend machen. Ich schaue durch die Reihen mit Hunderten Filmen, die alle thematisch sortiert sind. Es gibt eine Abteilung mit alten Klassiker-Erotik-Streifen, die schon etliche Jahre auf dem Buckel haben. Es gibt Amateur-

Pornos. Pornos, die in der Öffentlichkeit aufgenommen wurden. Schwulenpornos. Lesbenpornos. Eine Abteilung mit Filmen, die Hollywood-Klassiker adaptieren – zumindest auf den Covern. Es gibt eine Abteilung mit etlichen Transenfilmen, in der nun eine große Lücke klafft. Eine umfangreiche Bondage/BDSM-Abteilung darf natürlich auch nicht fehlen. Daneben erwartet mich das Regal mit haarigen Frauen, molligen Frauen und besonders staunen lässt mich die Spalte mit den Granny-Filmen, die mir einen leichten Schauer bereitet. In meinem Kopf tummelt sich nur noch die Frage: Wer bitte kauft sich einen Streifen wie «Knackige Oma fickt sich fast ins Koma»?

Ich hole aus dem Lagerraum drei Transenfilme, damit ich das Regal auffüllen kann. In großen, nach Themen geordneten Schachteln finde ich jede Menge Auswahl. Da noch kein weiterer Kunde das Geschäft betreten hat, bleibt mir noch etwas Zeit, mir auch den dritten Raum genauer anzusehen. Was ich dort entdecke, konnte ich anfänglich gar nicht glauben. Ich meine, auch wenn es einem bewusst ist, dass solche Filme existieren, ist es doch etwas anderes, wenn man plötzlich inmitten von vier Wänden steht, die mit solchem Kram gefüllt sind. Rechts von mir ein Regal, das nur mit den simplen Wörtern «Sekt & Kaviar» betitelt ist. Schon der Blick auf die Film-Cover bereitet mir einen Würgereiz und Ekel kommt in mir auf. Ich habe noch nie so viele Körperausscheidungen auf einmal gesehen. Wer lässt das für einen Film mit sich machen? Aber eine Frage sitzt noch tiefer: Wer schaut sich sowas an? Und wen geilt so etwas auf?

Ich blicke auf die andere Wand und dort steht doch wirklich «Inzest» und die Cover sprechen wieder Bände. Etliche Filme mit angeblichen Familien blicken mir entgegen. Auch wenn das wohl alles nur gestellt ist, lässt mich auch hier der Gedanke nicht los, wer es geil findet, wenn es Opa mit der Schwiegertochter oder Mama mit dem Opa treibt...

Für den Moment hab ich genug gesehen. Genug gesehen, was ich eigentlich gar nicht sehen wollte. Irgendwie finde ich das Ganze doch sehr fragwürdig. Beinahe schon pervers. Aber was ist eigentlich pervers? Ist etwas pervers, nur weil man sich selber absolut nicht vorstellen kann, so etwas zu tun? Ist etwas pervers, nur weil es die eigenen Grenzen überschreitet? Es scheint ja auch Menschen zu geben, die darauf abfahren, denn ansonsten würden diese ganzen Filme hier vermutlich nicht stehen. Was sind das für Menschen? Welche Menschen ziehen sich nach Feierabend gerne mal eine Sekt-Orgie oder ein Kaviar-Frühstück rein?

Auf der anderen Seite denke ich mir, solange keiner dabei zu Schaden kommt und alles aus freiem Entschluss geschieht, soll jeder machen was er will. Und wenn die Oma wirklich noch Bock drauf hat, ihre blanke Mumu der Öffentlichkeit zu präsentieren, warum sollte sie das eigentlich nicht tun?

Wirklich pervers wären doch dann eher Dinge, die dem Gesetz widersprechen. Wie Dinge mit Tieren. Dinge mit Kindern.

Ich sitze wieder im Eingangsbereich auf dem Ledersessel, der hinter dem PC steht, und in meinem Kopf tummeln sich etliche Fragen. Auch Zweifel mischen sich darunter. Ist das, was ich hier gerade mache, richtig? Will ich wirklich in einem Geschäft arbeiten, in dem man solche Sachen kaufen kann? Oder noch besser: Will ich wirklich in einem Geschäft arbeiten, in dem ich neun Stunden am Tag von solchem Zeugs umgeben bin?

Der erste Tag zieht sich in die Länge wie Kaugummi. Nach dem Herrn mit den lackierten Fingernägeln wurde es erstmal ruhig. Ein junges Pärchen kaufte eine Packung Kondome, eine junge Frau ein Massageöl mit orientalischen Geruch. Danach war erst mal Schluss. Ich sitze auf meinem Platz, klicke im Internet herum, versuch mich etwas abzulenken und meine Gedanken zu ordnen.

Doch plötzlich schrecke ich durch das laute Knacken der schweren Tür empor und werde unsanft aus meinen Gedanken gerissen. Der Shop hat eine massive Eisentür, bei der man schon ein bisschen Kraft braucht um sie aufzustemmen. Vor ihr noch zwei Stufen, die man erklimmen muss. Ich höre also das laute Knacken der Türe und blicke zum Eingang, um den neuen Kunden zu begrüßen. Doch nach dem Knacken rührt sich plötzlich nichts mehr. Die Tür wenige Zentimeter geöffnet, bleibt plötzlich so wie sie ist. Auf einmal bekomme ich Angst. Was ist, wenn jetzt jemand einbrechen will? Was ist, wenn der Einbrecher jetzt vor der Tür steht, gerade die Maske überzieht und plötzlich hereinstürmt? Die Sekunden erscheinen mir wie endlos lange Minuten. Ich greife mit der einen Hand nach dem Notfallschalter und umklammere ihn fest. Währenddessen starre ich weiterhin unentwegt auf die Tür, die sich nun um weitere Millimeter weiter geöffnet hat. Ich bin nervös, zittrig und weiß nicht, was ich tun soll. Ich starre weiter auf die Tür und höre ein leichtes Rumpeln. Der Spalt öffnet sich etwas weiter, zwar nicht viel, aber endlich kann ich erkennen, was dort bei der Tür vor sich geht.

Ein wirklich alter Herr versucht die schwere Tür aufzubekommen und scheint es nicht zu schaffen. Ich verlasse sofort meinen Platz, eile zur Tür und halte sie ihm auf. Er schaut mich aus seinen alten, freundlichen und ehrlichen Augen an und bedankt sich für meine Hilfe. Der Mann muss um die 90 sein, seine Körperhaltung ist nach vorne gekrümmt, so dass er eigentlich immer nur auf den Boden starren muss. Damit er auch das Rundherum wahrnehmen kann, muss er sich mühsam und schmerzerfüllt aufrichten. Außerdem schleppt er ein rollendes Beatmungsgerät mit sich, welches er mit einem kleinen Griff wie einen Trolly neben sich herzieht. Das Gerät muss stark eingestellt sein, denn es dampfte ordentlich.

Ich denke mir im ersten Moment nur: Mensch Opa, was tust du dir in deinen alten Tagen noch an? Ich hebe sein Beatmungsgerät, welches mit zwei Schläuchen in seine Nase führt, über die beiden Treppen in den Eingangsbereich und fragte den gebrechlichen Herrn, ob ich ihm helfen könnte. Er schaut mich kurz an und sagt dann mit zittriger Stimme: «Ich möchte bisschen bei den Filmen durchstöbern.»

Wieder muss ich innerlich leicht schmunzeln. Auf der anderen Seite tut mir der alte Mann auch irgendwie

Leid. Seine besten Jahre waren eindeutig vorbei. Umso erstaunter bin ich, dass er sich in dieser schlechten Verfassung die Mühe angetan hat, hier vorbeizukommen.

Ich zeige ihm den Weg zu den beiden Räumen mit den Filmen. Es dauert an die fünf Minuten bis es er es vom Eingangsbereich in den anderen Raum geschafft hat. Ich frage ihn, ob er was Bestimmtes sucht. Er verneint, er möchte nur schauen. Dann lass ich ihn erst Mal in Ruhe. Er soll sich nicht bedrängt fühlen. Währenddessen überlege ich bereits, was er sich wohl aussuchen könnte. Vielleicht einen der Oma-Filme?

Die Minuten verstreichen unentwegt. Mittlerweile ist der alte Mann bereits seit einer Viertelstunde bei den Filmen. Vielleicht findet er nicht das, wonach er sucht. Für ihn muss es ja beinahe unmöglich sein, die oberen Regale zu sehen. Ich geh noch mal nach hinten und sehe, wie er im zweiten Raum leicht planlos durch die unteren Filmreihen blickt. Ich frag ihn freundlich noch mal, ob er nach einem bestimmten Genre oder dergleichen sucht und ob ich ihm nicht helfen könnte. Plötzlich nimmt er diese Hilfe gerne an. Er schaut mich etwas verlegen an und fragt mich: «Haben Sie auch was von der Dolly?» Ich muss lächeln, gerade vorher fielen mit die zahlreichen Dolly-Buster-Filme in der Vintage-Abteilung auf. Es freut mich gerade, dass ich ihm helfen kann und zeige ihm das Regal, auf dem wohl insgesamt zehn verschiedene Dolly-Filme stehen. Er bedankt sich vielmals. In diesem Moment erinnert er mich etwas an meinen Großvater. Dann will er sich die Filme noch in Ruhe ansehen, um seine Entscheidung zu treffen. Dafür lass ich ihn erneut alleine.

Es vergehen weitere zehn Minuten, bis die Räder seines Atemgeräts wieder in Bewegung kommen und er sich Richtung Kasse bemüht. Der alte Herr steht nun vor mir und auf seinem hageren, faltigen Gesicht hat sich ein erfreutes Lächeln gebildet. Ja, der alte Opa lächelte, wie ein Kind am Weihnachts-Abend. Ich kann nicht anders und lächele zurück. Ich frage ihn, ob er was Hübsches gefunden hat. Und er nickt mehrmals lächelnd und reichte mir auch gleich drei Dolly-Filme rüber. Ich hatte fast ein schlechtes Gewissen, als ich ihm die Summe nannte, die er bezahlen musste. Doch hätte es Clemens wohl nicht gerne gesehen, wenn ich gleich am ersten Tag einen nicht vorgesehenen Pensionisten-Rabatt gewährt hätte. Doch dem Mann schien die Summe vollkommen egal zu sein in diesem Moment. Er reichte mir die Scheine rüber, ich gab ihm das Wechselgeld und verstaute die Filmchen wieder in einer blickdichten Tüte.

Als ich ihm die Tüte rüberreichen will, läutet sein Telefon. Er kramt es mühevoll aus einer Jackentasche hervor und hebt ab.

«Hallo Schatz!» Ah, er hat also einen Schatz. Das ist doch schön.

«Ach, du bist schon da? Du wartest draußen vorm Geschäft? Ich komm in einer Minute raus! Bis gleich, Schatz!»

Dann steckte er das Handy wieder in seine Jackentasche und erzählt mir ganz erfreut: «Meine Frau kommt mich vorm Geschäft abholen! Wir machen uns heute einen schönen Abend.»

Einen schönen Dolly-Abend? Ich finde die Vorstellung köstlich.

«Sie kann gerne auch hereinkommen.», biete ich ihm an.

«Nein, das kann sie leider nicht», meinte er und fügte lächelnd hinzu, «Aber ich bin ja eh schon fertig.»

Ich begleite ihn zur Türe und öffne sie für ihn. Mit schweren Schritten steigt er über die beiden Treppen auf den Gehsteig. Ich hebe ihm noch mit der anderen Hand sein dampfendes Beatmungsgerät hinunter. Als ich bei der Tür hinaus blicke, erkenne ich bereits seine Ehefrau. Sie wirkt ebenfalls sehr alt, sicher so alt wie ihr Gatte. Und nun wird mir auch der Grund bewusst, warum sie nicht hereingekommen ist. Sie sitzt im Rollstuhl und hätte es nicht über die beiden Stufen geschafft. Deshalb hat sie vor dem Laden auf die Rückkehr ihres Mannes gewartet.

Als sie ihn erkennt, hebt sie ihre knochige Hand und winkt ihm zu. Auch er scheint durch ihren Anblick wieder neue Energie gewonnen zu haben und marschiert in gekrümmter Haltung, aber etwas schneller als zuvor, auf sie zu. Dabei bleibt er kurz stehen, dreht sich noch einmal zu mir um, wünscht mir noch einen schönen Tag, hebt die Hand zum Gruße, in der er auch den Beutel mit den Filmen trägt und wendet sich dann auch schon wieder seiner Frau zu, der er zur Begrüßung einen fetten Kuss aufdrückt.

Ich bleibe noch im Türrahmen stehen und beobachte diese Szenerie, die irgendwie so unwirklich und doch so faszinierend ist. Sie spricht einige Worte zu ihm, die ich vom Eingang her nicht mehr verstehen kann. Er nickt daraufhin grinsend und reicht ihr den erworbenen Schatz in seiner Tüte. Sie macht die Tüte auf, holt mitten am Gehsteig in ihrem Rollstuhl die drei Dolly-Filme heraus und begutachtet die Cover. Schon nach wenigen Momenten erstrahlt auch auf ihrem Gesicht ein großes, erfreutes Lächeln. Sie steckt die Filme zurück in die Tasche und zieht an der Jacke des Mannes, damit dieser sich noch mal zu ihr beugt und ihr noch einen Kuss aufdrückt.

Dann machen sich die beiden auf den Weg. Sie rollt in ihrem Rollstuhl neben dem Herrn, der sein Atemgerät neben sich herzieht. Auf ihrem Schoss die Tüte mit den Filmen.

So rollen sie lächelnd davon. Einem besonderen Abend entgegen...

Vorhin hab ich mir die Frage gestellt, ob das was ich hier mache, richtig ist.

Nun weiß ich, dass es zumindest nicht ganz falsch sein kann.

Und ich gebe dem Ganzen doch noch eine Chance...

HANDSCHELLE 21.5.-21.6.

Die introvertierte Handschelle ist sich selbst genug und gewinnt dadurch geistige Reife. Sie hat sich mit dem verletzten inneren Kind versöhnt und das bringt auch optisch Ausgeglichenheit, weil sie jetzt für Narben an beiden Unterarmen sorgt.

Beziehungsprobleme gehören dazu, weil die Handschelle weder loslassen noch richtig klammern kann. Auch im Miteinander kann sie sich nie entscheiden, ob sie lieber geistreich oder oberflächlich, diplomatisch oder klatschsüchtig sein will. Man weiß nie genau, woran man bei ihr ist. Das macht es spannend.

ANALPLUG 22.6.-22.7.

Der vorwitzige Analplug gehört zu den fröhlichsten Zeitgenossen und ist für jeden Flirt unbedingt zu haben. Da er sehr auf Dirty Talk steht, fällt er leider auch immer wieder auf Schwätzer rein. Er hört einfach zu gerne zu, ohne auf Inhalte zu achten. Den Analplug kann man sich auch schon gefügig machen, wenn man ihm schlecht übersetzte koreanische Gebrauchsanweisungen vorliest.

Am besten versteht sich der Analplug übrigens mit der verführerischen Peitsche. Sie gehen oft lebenslange Bindungen ein – für den Analplug nicht immer freiwillig. Aber die Peitsche weiß zu viel von ihm.

GASMASKE 23.7.-23.8.

Die geniale Gasmaske kann sich klug auf ihre Partner einstellen und kluge Strategien entwickeln, um sie in die Schranken zu weisen. Dafür wird sie geliebt! Sie erspürt, wer Lob, Zustimmung, Mitgefühl oder einfach nur Schläge braucht. Großzügig aber auch immer ein bisschen vergnügungssüchtig geht die Gasmaske durch ihr Leben.

Die Gasmaske ist prädestiniert für die Selbstständigkeit – für ein eigenes Studio beispielsweise! Da sie sich von anderen ja sowieso nichts sagen lässt außer vielleicht: Danke!

LATEXANZUG 24.8.-23.9.

Der pflichtbewusste Latexanzug gehört zu den gewissenhaften Zeichen. Dem Partner jedoch alles beichten zu wollen ist ein sehr egoistischer Wunsch, wenn der Partner will, dass man schweigt. Ordnung und Genauigkeit bestimmt sein Wesen. Hier sind Daumenschrauben poliert und nach Größe geordnet in Vitrinen untergebracht. Mit dem Latexanzug ist man gern zusammen, wenn man es nicht immer so aufregend mag. Dafür kann man sich jedoch immer darauf verlassen, dass alles perfekt vorbereitet ist.

COSETTE

SUCCUBA

Devla war anders als andere Succubi. Nicht nur, dass sie Flügel besaß, die rot wie Blut schimmerten, sondern ihre Leidenschaft für ihre Aufgabe war außergewöhnlich. Während alle auf Masse arbeiteten, setzte sie auf Qualität. Sie fand, dass ihr Opfer ihre volle Aufmerksamkeit verdiente hatte und widmete jedem einzelnen eine ganze Nacht.

Sobald das Zielobjekt eingeschlafen war, schlich sie sich in seine Träume, packte ihn am Schwanz und hatte ihn damit sofort am Haken. Ihr Anblick warf jeden Mann um. Ihre vollen Brüste, die aus dem Dekolleté quollen, die Tattoos, die ihr einen Hauch von Wildheit verliehen, aber vor allen Dingen ihren rasierten, gepiercten Schoß, den sie dem Mann schamlos präsentierte, indem sie ein Bein auf sein Bett stellte.

Sie war eine Femme Fatale und keiner konnte ihrem übernatürlichen Sexappeal wiederstehen.

Selbstverständlich setzten sich alle Opfer sofort auf. Überrumpelt und überrascht, aber vor allen Dingen gierig. Devla krallte ihre Finger in ihr Haar und zog das Gesicht zu ihrer Spalte.

Ihr Duft dort unten hatte ein besonders verführerisches Odeur, denn augenblicklich fingen alle an, sie zu lecken. Der schüchterne Buchhalter, der konservative Banker und sogar der Mönch, der den Frauen für immer abgeschworen hatte.

Sie alle tranken von Devla. Es war ihr letzter Trunk.

Selbst die Rationalen unter ihnen redeten sich ein, dass alles nur ein Traum war und deshalb Vernunft keine Rolle spielte. Niemand fragte, woher Devla kam und weshalb sie sich so offenherzig anbot. Sie nahmen diese Chance wahr, denn eine heiße Frau wie die Sukkuba gab sich ihnen sonst nicht hin. Deshalb leckten sie, was das Zeug hielt, doch Devla stoppte sie, wenn sie selbst kurz vor dem Orgasmus stand. Es ging hier nicht um sie.

Sie kniete sich vor das Bett und öffnete mit zwei Fingern den Spalt zwischen ihren Brüsten ein wenig. «Fick mich! Genau hier.» Das tat sie jedes Mal und man hätte es Routine nennen können, aber sie nannte es ihre Zeremonie.

Sie alle neigten sich vor, steckten ihre Schwänze zwischen ihren Busen und benutzten ihre Kurven ohne misstrauisch zu werden. Wieso auch? Es war nur ein Traum, *ihr* Traum!

Doch mit dem Sperma, das nach dem köstlichsten aller Höhepunkte aus ihnen herausspritzte, verloren sie auch ihre Lebensenergie.

Dem kleinen Tod folgte der große. So war die Regel. Die großartige, einzigartige Devla zu vögeln war nicht kostenlos.

Alle anderen Succubi eilten an diesem Punkt zu ihrem nächsten Opfer, für sie war der Job erledigt.

Devla jedoch drückte ihren Zeigefinger auf ihre Klitoris und machte es sich, bis sie kam. Nicht weil sie nekrophil war. Sondern es war ihre Art zu trauern! Und der sanfte Schmerz, der sie lustvoll quälte, wenn ihr langer, spitzer Fingernagel immer wieder in ihre empfindlichen Schamlippen stach, stand für ihre ungeweinten Tränen.

Ihr Orgasmus war ein Abschiedsgeschenk. Ein gewöhnlicher Mann hätte im wirklichen Leben eine Frau ihres Kalibers niemals erobern können. Aber im Traum war eben alles möglich.

LUCI VAN ORG

GONZO

Die Frau stellte sich in die am weitesten von Edgar entfernte Ecke und nuschelte ein leises «Guten Tag». Mit gesenktem Kopf, zum Glück. So konnte er es ihr beim Zurücknuscheln gleichtun, ohne unhöflich zu wirken – die Anwesenheit weiblicher Wesen verunsicherte ihn schließlich schon ohne Blickkontakt genug.

Fast ebenso verunsichernd war allerdings die viel zu offensichtliche Beule im Reißverschluss seiner Jeans. Beim Nach-Unten-Gucken drängte ihr Anblick sich Edgar mehr als unangenehm auf, weswegen er seinen Blick auf den dunkelroten Teppichboden schräg vor ihm flüchten ließ, dann nach oben links zu den dick gepolsterten, mit dunkelbraunem Leder bezogenen Wandverkleidungen, zur großen Metalltafel mit den vielen, viereckigen Knöpfen und von dort zur Gravur der Fahrstuhlfirma. Ausgelegt für fünfundvierzig Personen war der riesige Blechkasten, der sich jetzt mit metallischem Ächzen und Quietschen in Bewegung setzte.

Die Ausmaße des Aufzugs und der von ihm erzeugte Lärm hatten Edgar schon als Kind tief beeindruckt. Etliche Male war er hier mit seiner Mutter hoch in den sechsundzwanzigsten Stock zum Kinderarzt gefahren, immer in der Vorstellung, im metallischen Bauch eines Raumkreuzers auf dem Weg zu fernen Galaxien das All zu durchqueren. Fast zwei Minuten lang. Neben ihm Mama, schwer atmend und schwitzend vor Angst. Wegen ihrer Klaustrophobie. Aber sich vorzustellen, sie fürchtete sich in Wahrheit vor Aliens, giftigem Nebel oder Meteoritenschauern, hatte immer bestens funktioniert.

Ach, sorglose Kinderzeit!

«Alles prima!» Am Schluss der Untersuchungen hatte der Arzt jedes Mal freundlich gelächelt, dabei die buschigen Enden seines grauen Schnurrbarts nach oben gebogen und ihnen nachgewunken, während Mama Edgar über den Flur Richtung Treppenhaus geschoben hatte. Weg von der Tür zum Raumkreuzer. Weil man nach unten auch problemlos laufen könne und mit Fahrstühlen sowieso viel zu viel Energie verschwende-te. Natürlich hatte Edgar ihr kein Wort geglaubt.

Aber dem Arzt. Dabei war bestimmt schon damals absolut gar nichts ‹prima› gewesen und der freundliche Onkel Doktor ein übler Scharlatan! Ein Pfuscher, der alles hätte verhindern können, mit Hormonen oder einer Schiene oder so einer kleinen, chirurgischen Korrektur, wie bei Segelohren.

Edgar seufzte.

Nein, wahrscheinlich musste er dem Graubart sogar dankbar sein. Für die einzigen paar unbekümmerten Jahre seines Lebens.

Der Arzt war dann ja auch schon vor Beginn von Edgars Pubertät in Pension gegangen und nach einem Bauskandal hatte das Hochhaus ewig leergestanden. Erst seit zwei Jahren war es im Besitz dieser Privatuniversität und alles aufwändig renoviert. Geradezu obszön aufwändig für eine Bildungsstätte, stellte Edgar fest. Allein die Reinigung der neuen Teppiche musste täglich ein Vermögen verschlingen. Selbst im Fahrstuhl lag das luxuriös hochflorige Zeug- und war hier alles andere als besucherfreundlich. Hatte die Frau ihm gegenüber doch größte Mühe, ihre Absätze darauf nur ansatzweise im Gleichgewicht zu halten.

Um so mehr, als der Fahrstuhl nun ruckartig anhielt. Dritter Stock, die Tür öffnete sich vor einem leeren Korridor, schloss sich wieder. Laut quietschend und zitternd, als hätte er Schüttelfrost, setzte der Raumkreuzer sich aufs Neue in Bewegung und seine Mitfahrerin musste sich an den Wandpolstern abstützen, um nicht umzufallen.

Dabei trug sie nicht einmal High Heels, sondern eher praktisch aussehende, dunkelgrüne Halbstiefel. Schön waren die Schuhe trotzdem. Endeten genau an der schmalsten Stelle der Waden und verlängerten ihr Bein dadurch äußerst vorteilhaft. Edgar war ein Experte für so etwas, nach all den Jahren und mittlerweile vermochte er tatsächlich Genuss aus solch winzigen Details zu ziehen. Was blieb ihm auch anderes übrig?

Ihm entfuhr ein weiterer Seufzer. Wegen eines Anflugs von Selbstmitleid, aber auch, weil die ansehnlich beschuhte Mitfahrerin sicher bald bemerken würde, wie ungebührlich lange sein Blick schon auf ihren äußerst wohlgeformten Unterschenkeln verweilte. Er beschloss deshalb, etwaigem Ärger zuvorzukommen, indem er seine Aufmerksamkeit von ihren Waden zurück auf die Wandpolsterung des Raumkreuzers lenkte.

Wobei er allerdings bemerkte, dass die Augen der Frau ebenfalls im Fahrstuhl umherzuschweifen begannen. Erst noch ziellos. Dann aber von der linken, hinteren Ecke schräg über den Teppich in seine Richtung, unzweifelhaft auf ihn zu. Edgar konnte es spüren! An seinen Turnschuhen, dann auf den Schnürsenkeln, nun kroch ihr Blick den Saum seiner Hose weiter und weiter hinauf zu seinen Knien.

Und von dort in seinen Schritt!

Wohin auch sonst.

Genau deshalb hatte er nicht herkommen wollen.

«Neuartige Schönheitsbehandlung bei Abnormitäten der äußeren primären und sekundären Geschlechtsmerkmale – Teilnehmer für Studie gesucht.»

Tagelang war Edgar um das kleine, hellblaue Poster herumgeschlichen, das jemand mit Tesafilm an die Plakatwand des U-Bahnhofs geklebt hatte. Unablässig ringend mit dem Gedanken, es doch noch einmal zu versuchen. Ein allerletztes Mal, nachdem er sich doch eigentlich schon abgefunden hatte, mit seinem Schicksal.

Titten... rubbeln... oral... reinstecken...

Er war zwölf gewesen damals und auf Klassenfahrt. Fast alle Jungs hatten sich auf den drei Doppelstockbetten des Jugendherbergszimmers zusammengefunden. Gackernd und johlend, weil Alex ein Pornoheft im Rucksack mitgeschmuggelt hatte, an der Gepäckkontrolle der Lehrerin vorbei. Sie hatten sich drumherum gedrängelt, einander geschubst mit glühenden Wangen, aufgekratzt und mit jedem Anblick der Bildchen aufs Neue geflutet von Testosteron.

Zumindest so tun, als ob man schon alles gemacht hatte. Muschi... Möse... Fickfotze...

«Präsentiert- das- Geweeeeehr!», hatte Alex dann plötzlich gebrüllt.

Und dann hatte er seinen Steifen rausgeholt. Nicht größer als ein kleiner Finger war der gewesen und hellrosa und zipfelig. Wie das Ende von einem Schweineschwänzchen, das, geklemmt zwischen Alex' Daumen und Zeigefinger, rechtwinklig abgestanden hatte von seinem offenen Reißverschluss.

«Iiiih...!», hatten einige geschrien und «Perverse Sau!» Aber alle hatten gekichert und noch glühendere Wangen gehabt und sich aneinander gedrückt und plötzlich hatte Sven seinen auch draußen gehabt und zwischen Daumen und Zeigefinger. Und dann Micha und Torsten. Jörg und Dennis. Und schließlich auch Edgar. Und ganz kurz hatte es sich zwar kalt und ungewohnt, aber irgendwie auch sehr gut angefühlt.

Bis Alex plötzlich die Hand von seinem Zippelchen genommen hatte.

«Ey...! Ey, guck ma!»

Erst hatte niemand reagiert. Nicht einmal Edgar.

«Höhöhö, guck ma.... daaaa, ey!»

Alex' Zeigefinger, der feucht schimmerte von etwas,

was am Schweineschwänzchen gewesen war, hatte Edgar angetippt.

Genau da, wo Edgars Ding aus seinem Reißverschluss herausstanden hatte.

Viel länger und dicker als die Zippelchen der anderen. Und nach unten gebogen. Etwa von der Mitte an, wie ein Schürhaken oder ein Ofenrohr. So stark gebogen, dass die knubbelige, rosa glänzende Spitze senkrecht auf den Boden gezeigt hatte.

«Laterne! Lateeerneee!», hatte Alex gejohlt.

Und ein Junge nach dem anderen hatte dann geguckt.

Und gelacht.

Alle hatten gelacht. Edgar auch.

Als Mirko plötzlich «Ey, voll wie Gonzo!» gebrüllt hatte.

«Jaaa! Edgar hat n Gonzo!»

«Ja, Mann, voll krumm!»

«Der fickt um die Ecke, Mann!»

«Der verbiegt die Muschi!»

Von überall hatten sich plötzlich Zeigefinger auf ihn zugebohrt.

«Pimmelbuckel!»

«Krüppelgonzo!»

Das Lachen der Jungs war immer lauter geworden und immer schriller und Edgar hatte nicht mehr mitgelacht. Hatte nur noch sein krummes Ding angestarrt und dabei nicht einmal den Namen ‹Gonzo› verstanden.

Weil seine Mutter doch damals bei den Zeugen Jehovas gewesen war.

Ohne Fernseher auch keine Muppetshow und keine Muppetmonster. Auch nicht das mit der unglaublich langen, nach unten gebogenen Nase. Der Nase, die genauso aussah, wie Edgars Ding.

Gonzo.

«Zeiiig den Gonzoooooooo!»

In der Nische mit den Fahrradständern hatten sie gelauert. Manchmal auch hinter dem Häuschen für die Einkaufswagen am ALDI-Eingang. Zwei hatten ihn von hinten gepackt, jeder an einem Arm, und ihn festgehalten, dann waren die anderen von vorne gekommen. Meistens Mirko und Alex. Die hatten ihm dann Hose und Unterhose heruntergezogen.

«Zeiiig den Gonzoooooooo!»

Am Anfang hatte Edgar noch gestrampelt. Aber je stärker seine Gegenwehr gewesen war, desto weher hatte es getan. Auch ein Gürtel war keine Lösung gewesen. Der hatte beim Herunterreißen nur Edgars Haut am Bauch eingeklemmt. So fest, dass Blut geflossen war.

«Zeiiig den Gonzoooooooo!»

Am Ende hatte Edgar nur noch Jogginghosen getragen und es still geschehen lassen. Aber das war Mirko und Alex irgendwann zu langweilig geworden. Weswegen die beiden dann damit angefangen hatten, auch hineinzutreten in den Gonzo.

«Ich mach dir den noch krummer, den Krüppel-Spast!»

Er hatte überlegt, seiner Mutter davon zu erzählen.

Aber dann hätte er ja auch erzählen müssen, woher Mirko und Alex das gewusst hatten mit dem Gonzo.

Dass er mit dabeigewesen war bei dem Pornoheft und den Schweinezippeln und den Daumen und den Zeigefingern.

Deshalb hatte er geschwiegen.

Hatte sich lieber gleich nach der Schule in sein Zimmer zurückgezogen und billige Krimis gelesen, versteckt in «Wachturm» – Heften und «Erwachet»- Broschüren, während der eklige Gonzo mit jeder Woche größer und größer geworden war.

Irgendwann hatte Edgar dann selbst in schlaffem Zustand diese widerliche Beule hinter seinem Hosenreißverschluss mit sich herumgetragen.

Die Beule, auf die seine Mitfahrerin jetzt aus den Augenwinkeln starrte.

Unübersehbar angewidert. Sicher war sie Krankenschwester. Oder Ärztin. Auf jeden Fall eine, die ganz genau wusste, was für eklige Armleuchter da nach oben in die zweiunddreißigste Etage fuhren.

Er hätte nicht herkommen sollen.

Und niemandem etwas erzählen. Wieder entfuhr Edgar ein Seufzer.

Vielleicht war sie ja sogar die Frau, die ihn ausgefragt hatte. Die fast alles wusste vom Gonzo, weil sie ans Telefon gegangen war, nachdem er dann doch die Nummer gewählt hatte von dem blauen Plakat. Ja, ganz sicher war sie es, so herablassend wie sie ihn anblickte!

Zwar hatte es geheißen, dass die neuartige Methode Edgar vielleicht helfen könne. Dass er einfach am kommenden Montag um 18:00 Uhr vorbeikommen solle, am besten genau zehn Minuten früher. Aber all die anderen Ärzte hatten doch nicht umsonst gesagt, da wäre nichts zu machen. Weil der Gonzo einfach zu krumm sei und eine OP ein zu großes Risiko.

Er hätte nicht herkommen sollen.

Schließlich hatte die Frau am Telefon ihm Hoffnung gemacht.

Und Edgar wusste doch, wohin das mit der Hoffnung führte.

Wohin es bei Anja Kretschmann geführt hatte. Damals, in der Realschule, auf die er der schlechten Noten wegen gewechselt war und wo ihn niemand gekannt hatte. Auf der tatsächlich ein paar Wochen lang alles gut zu werden schien.

Richtig gut.

Denn Anja war in Edgar verliebt gewesen!

Nur deshalb hatte sie ihn doch auch gefragt, ob er mit ihr vielleicht mehr machen wollen würde, als nur küssen und mal mit den Händen unters T-Shirt.

Und Edgar war in Anja verliebt gewesen. Nur deshalb hatte er sie doch vorwarnen wollen.

Vor dem Gonzo.

«Zeig mal!», hatte sie gesagt.

Und ihm war gleich aufgefallen, wie unheilvoll das nach «zeig den Gonzo!» geklungen hatte.

Wobei er den Realschuljungs gar nichts mehr hatte zeigen müssen. Weil sie gleich zugetreten hatten, manchmal zweimal am Tag.

Edgar war bei allen dann nur noch «der Gonzo» gewesen. Und Anja hatte zusammen mit den anderen Mädchen kichernd «Iiiieeh...!» geflüstert in seiner Nähe, sogar der fette Mirko war beim Sport immer noch vor ihm in die Mannschaft gewählt worden und vor der Abschluss- Klassenfahrt hatte Edgar eine ganze Flasche Süßstoff auf Ex getrunken um nicht mitzumüssen.

«Kann bei übermäßigem Verzehr abführend wirken.» Tatsächlich war das Ergebnis von einer schweren Magen-Darm Grippe nicht zu unterscheiden gewesen. Auch wegen der Bauchkrämpfe, deren Schmerzen ihm fast noch schlimmer zugesetzt hatten, als die Tritte in den Gonzo.

Von denen jetzt plötzlich einer zwischen Edgars Beine krachte!

Aber dann trotzdem gar nicht wehtat.

Weil ihm nur die Wucht des abrupt anhaltenden Fahrstuhls in den Schritt gefahren war.

Ohrenbetäubendes Rumpeln, Knarren, Quietschen, gegenüber in der Ecke ging seine Mitfahrerin in die Knie, mit einem schrillen «Oh, Gott!» auf den Lippen.

Danach Stille.

«Was... war das?», flüsterte Edgar, obwohl er doch wusste, dass sie steckengeblieben sein mussten.

Auch das noch. Er hätte nicht herkommen sollen.

«Gibt es... einen Notrufknopf oder so was?», ächzte die Frau, während sie vom Flauschteppich aufzustehen versuchte. Möglichst x- beinig, damit er ihr nicht unter den Rock sehen konnte.

«Ich guck mal», drehte Edgar sich schnellstmöglich zur Metalltafel mit den Knöpfen.

In der Hoffnung, dass die Frau sein glühendes Erröten nicht bemerkt hatte.

Wegen ihres dunkelblauen Slips. Ganz kurz war der nämlich eben zu sehen gewesen, trotz aller X-Beinigkeit! Und ließ Edgar, statt, dass er sich fürchtete im steckengebliebenen Fahrstuhl, das Herz nun bis zum Hals schlagen vor Glück. Weil er doch nie zuvor einen Blick auf so etwas hatte erhaschen dürfen. Also in echt. Nicht bloß auf einem Foto.

Nur auf einen Männerslip.

Was wohl die Strafe dafür gewesen war, dass er gar nicht an Gott geglaubt und trotzdem hatte Mönch werden wollen.

Zunächst war das Ganze damals ja nur die Idee eines Arztes gewesen, um ihm Mut zu machen. Gott würde manche Menschen extra anders erschaffen, für ganz spezielle Zwecke, hatte er gemeint und Edgar war zunächst sehr skeptisch gewesen.

Schließlich hatte er sich dann aber verführen lassen von dem Gedanken, dass der eklige Gonzo tatsächlich irgendeinen Nutzen haben könnte.

Auch, wenn seine Mutter dann viel geweint hatte. Weil Edgar sonntags nicht mehr zu den Versammlungen im Königreichssaal, sondern stattdessen in die Katholische Kirche zwei Straßen weiter gegangen war. Aber er hatte Mama recht schnell mit dem Versprechen trösten können, auch als Katholik weder Geburtstag noch Weihnachten zu feiern und auch schon vor

Antritt seines Klosterlebens auf vorehelichen Sex zu verzichten.

Wobei da ab und zu schon mal was gewesen war. So was Ähnliches, wie damals bei Alex mit dem Schweinezippel.

Aber nur allein unter der Decke und im Dunkeln bei zugezogenen Vorhängen. Weil Edgar ihn nicht hatte sehen wollen, den grässlichen, krummen Kerl. Nicht einmal dann, wenn er wieder ruhig und schrumpelig geworden war und man beinahe hätte glauben können, er wäre ganz normal.

Leider «passe Edgar nicht in die Gemeinschaft».

So hatte die Begründung geheißen für den Rausschmiss aus dem Kloster nach einem halben Jahr Postulat. Dabei war Edgar immer einer der Fleißigsten und Pünktlichsten gewesen.

Aber er hatte sich eben nicht anfassen lassen. Am Gonzo.

Und genau das hatte der Abt am letzten Abend nun einmal gewollt und auch, dass Edgar ihn anfasste. An der dicken Beule im Calvin- Klein- Slip unter seiner Kutte.

«Dann eben nicht.», hatte der Abt nur gesagt, war schnell aus Edgars Kammer verschwunden und genauso schnell hatte Edgar dann verschwinden müssen.

Immernoch besser, als lebenslang der Gonzo hinter Klostermauern! Da war Edgar sich ganz sicher.

Als Nachtwächter hatte er sich dann ja auch einigermaßen eingerichtet über die Jahre. Sogar ein paar lose

Freundschaften zu anderen Nachtwächtern gab es. Nach der Arbeit aß man gemeinsam einen Burger oder eine Chinabox. Schweigend meist, aber in wohlwollendem Einverständnis.

Und seit einiger Zeit war tatsächlich auch fast so etwas wie Frieden mit dem Gonzo.

Manchmal machte Edgar es sich mit ihm sogar unter der Decke seines Singlebettes bequem. Dann, wenn seine Augen zuvor draußen irgendetwas Schönes hatten erhaschen können.

Bilder oder Filme gaben ihm nicht viel. Aber der Anblick einer glänzenden Haarsträhne, eines am Halsausschnitt hervorblitzenden Schlüsselbeins oder weich gepolsterter Frauenhände, bei denen er sich vorstellte, wie angenehm es wäre, von ihnen gestreichelt zu werden. Am Arm. Vielleicht sogar am Rücken.

Stattdessen fuhr eine genau solche Hand jetzt aber nur schräg an ihm vorbei auf den roten Alarmknopf zu.

«Wir müssen hier drücken!»

«Ähm... ja», stammelte Edgar und wich ein Stück zurück, um seiner Mitgefangenen Platz zu machen. Sie roch betörend zitronig. So sehr, dass Edgar ein bisschen schwindelig wurde. Oder war es nur der weiche Fußboden?

«Hallo! Hallohallohallo!», rief die Frau in die kleinen Ritzen der Metallplatte hinein, wo sie die Sprechanlage vermutete. «Haaaaallo!»

«Hallo?», zischelte es tatsächlich als Antwort wieder heraus. Ob ein Mann oder eine Frau war nicht auszumachen.

«Oh, Gottseidank, dass sie rangehen!», seufzte Edgars Mitfahrerin erleichtert. «Wir stecken hier fest!»

«Das tut mir leid», knarzte eine Stimme, die jetzt beinahe so klang, wie die Frau neulich am Telefon. «Dieser alte Kasten macht ständig Ärger.»

«Ich habe in zehn Minuten einen Termin. Bis dahin müsste ich wieder draußen sein.», drängelte der Zitronenduft, schien dabei aber selbst nicht an eine so schnelle Befreiung zu glauben.

«Leider ist der Techniker schon weg und ich muss erst den Notdienst rufen. Sind Sie allein da drin?»

«Nein. Wir sind zu zweit», antwortete die Frau, sah Edgar jetzt direkt an und ihm stockte der Atem.

«Ganz schöner Schreck, was?», lächelte sie, während die Stimme am Lautprecher sich knisternd mit einem «Ich melde mich.» verabschiedete.

Edgar nickte, versuchte, irgendwas zu antworten, bekam wegen ihres Lächelns aber kein Wort heraus und eine peinliche Stille entstand.

«Bestimmt hat die Frau beim Vorgespräch mich deshalb gefragt, ob ich Probleme mit Klaustrophobie habe», witzelte sie, spürbar unsicher. Wofür Edgar dankbar war, weil es ihm ja genauso ging und es so ein wenig leichter wurde zurückzulächeln. Wenn auch mit verkrampften Wangen, weil er doch jetzt auch etwas sagen musste und ihm beim besten Willen nichts einfiel.

Bis er sich daran erinnerte, dass die Dame am Telefon ihm genau dieselbe Frage gestellt hatte. Die mit der Klaustrophobie! War es möglich...?

«Wollten Sie... auch in den zweiunddreißigsten Stock?», entfuhr es ihm- was er bereits bereute, während er sich selbst noch reden hörte. Panische Hitze schoss ihm ins Gesicht, Schweißtropfen perlten von seinen Schläfen, ein Königreich für eine sich plötzlich unter ihm öffnende Falltür!

Aber Edgar besaß ja gar kein Königreich und das Schicksal war nicht blöd und ließ sich deshalb auch nicht ein auf diesen Deal.

Seine Mitfahrerin hatte unterdessen einen kleinen, erschrockenen Schritt nach hinten gemacht. «Hmja, die... Schhhönheitsbehandlung...», schnaufte sie, noch immer lächelnd, nun aber sehr gequält und Edgars Magen krampfte sich zusammen, wie damals bei der Überdosis Süßstoff.

«Tut... mir... l...», ächzte er tonlos, versuchte ihrem Blick auszuweichen und die Luft anzuhalten, weil die geringste Dosis Zitronenduft ihn nun würgen ließ vor Scham.

Als sie plötzlich durchatmete.

«Was solls? Dann...», hob sie mit fester Stimme an, «... sind wir ja unter uns.»

«W...was?»

Energisch zog sie die Kapuze ihres schwarzen Hoodies vom Kopf. So schnell, dass ihr Haar, eben noch modisch geordnet in einem dunkelbraunen Bob, elektrisch nach oben zu schweben begann, und gab Edgar ihre wundervoll zarte, weiche Hand.

«Ich bin der Tunnel.»

Edgar verstand nicht.

«Na, von dem Spruch. ‹Salami im Tunnel›? Kennen Sie den nicht?»

«N... nein, ich...»

«Na, wenn es viel zu weit ist da unten. Dann ist der Mann die Salami und...»

«... verstehe!», unterbrach Edgar entsetzt. Weil er tatsächlich verstanden hatte.

Und weil er ahnte, was nun folgen würde.

«Und Sie?»

Die Frage krachte wie ein Vorschlaghammer gegen seinen Kopf und in Edgars Ohren fing es an zu pfeifen, als wäre gleich neben ihm ein Böller explodiert.

«Ich... also... hhh»

Er wollte durchatmen, aber ein erneuter Magenkrampf nahm ihm die Luft.

«... phhhh...»

Der Schmerz ließ ihn ächzen, machte, dass er sich an seiner eigenen Spucke verschluckte, husten musste und sich setzen, weil ihm die Beine versagten.

«Ent...entsch....», röchelte er, während sie stehenblieb und ihn mitfühlend von oben ansah.

«So schlimm?»

Gequält zuckte Edgar die Achseln und blickte zu ihr auf.

Graublaue Augen. Nicht besonders groß, aber umrahmt von buschigen, dunklen Wimpern, die ihren Blick intensivierten. So sehr, dass er seinen nur wieder abwenden konnte.

«Kommen Sie. Ich habs auch gesagt.», lächelte sie trotzdem aufmunternd.

Und setzte sich neben ihn! Ein Schwall Zitronenduft nahm ihm die Sinne.

Als sie plötzlich ihre himmlisch zarte Hand auf seinen Rücken legte! Was sich noch viel besser anfühlte, als er es sich immer vorgestellt hatte. Wie der Himmel.

Und gleichzeitig wie die Hölle, weil es ja sofort wieder enden würde.

Sobald er es gesagt hatte.

«Gonzo...»

Ein schnelles Ende war immer noch besser, als sich etwas vorzumachen.

«Gonzo?!»

Die Mundwinkel der Frau hoben sich zu einem Grinsen. Zu keinem hämischen zwar, aber ihr war anzusehen, dass sie ein Kichern unterdrückte. «Der Gonzo aus der Muppetshow? Der mit der...?» Wie befürchtet nahm sie nun ihre Himmelshand von Edgars Kreuz, malte mit ihr einen Pantomime- Gonzozinken in die Luft und Edgar bekam einen erneuten Verzweiflungs- Magenkrampf.

Er hätte nicht herkommen sollen.

Wobei er sich dessen nicht mehr so sicher war, als sich die Himmelshand unverhofft zurück auf seinen Rücken legte.

«Nur so krumm oder auch so groß?»

«W...wie?»

«Na, ihr.... Gonzo.»

«Riesengroß! Ekelhaft groß!», wollte Edgar schreien, laut wie ein Düsenjet, bis es weh tat in den Ohren, genauso weh, wie aller Schmerz der vergangenen dreißig Jahre «Ein Ofenrohr! Eine Monstermuräne, ein verwachsenes, buckliges Ungetüm ohne Beine und mit nur einem Auge!»

Aber ihre Hand fühlte sich zu schön an.

Weshalb er nur stumm dorthin deutete, wo die grässliche Beule sich zwischen seinen Oberschenkeln wölbte.

«Sie haben es... doch gesehen», ächzte er dann matt.

«Na ja, nur so... angedeutet», hauchte die Frau mit der Himmelshand. Und lächelte ein bisschen vorwitzig.

Was Edgar allerdings nicht mehr mitbekam, weil plötzlich das Licht in der Kabine erlosch!

«Hhhhh!», schnappte die Frau erschrocken nach Luft. Und dann war alles stockdunkel. Bis auf die halbierte Nummer 29 der Etagenanzeige, die weiter fahlblau schimmerte.

Zum Glück meldete sich gleich die Lautsprecherstimme.

«Bitte bleiben Sie ruhig! Das ist nur der Wechsel zum Notstromaggregat. Ein Techniker ist informiert und wird kurz nach 19:00 Uhr da sein. Also in etwa einer Stunde.»

«Wir... kommen schon klar.», rief der nach Zitronen duftende Tunnel, klang aber trotzdem ängstlich.

«Ja, das... tun wir», ergänzte Edgar deshalb, um ihr zumindest ein etwas besseres Gefühl zu geben.

«Danke für Ihre Geduld, ich melde mich.»

Das Zischeln verstummte wieder und für einen kurzen, Edgar aber endlos scheinenden, Moment saßen sie beide schweigend in der Dunkelheit.

«Pauline...», flüsterte es dann neben ihm.

«Edgar...», entgegnete er. Erneut voller Dankbarkeit, weil er sich nie getraut hätte, den Anfang zu machen.

«Schöner Name.»

«Finden Sie?»

«Ja, viel schöner als ‹Gonzo›.»

Hatte die Hand auf seinem Rücken ihn gerade gestreichelt?

Nein, sicher war die Frau, die ‹der Tunnel› genannt wurde und eigentlich Pauline hieß, nur unabsichtlich mit ihren Fingern ein Stück nach oben gerutscht. Aber das hatte sich wundervoll angefühlt! Wundervoller als jede andere Berührung, an die Edgar sich erinnern konnte.

So wundervoll, dass plötzlich der Gonzo gegen seine Hosenbehausung zu drücken begann!

Entgeistert starrte Edgar ins Dunkel, dorthin, wo das krumme Ungetüm nun wuchs und wuchs, anfing heiß zu werden und zu pochen und versuchte, auf seinen Pobacken unmerklich hin- und herzurobben. Um die Anspannung irgendwohin wegzudrücken. Dabei schob er aber die Hand auf seinem Rücken ein Stück weiter nach rechts, was sich gleich noch einmal anfühlte, als würde sie ihn streicheln. Und hinter seinem Hosenreißverschluss, als würde der gleich platzen.

«Pauline ist... auch viel schöner als ‹Tunnel›», versuchte Edgar mit bebenden Lippen irgendwie abzulenken von seiner misslichen Lage.

«Fand ich auch immer. Aber geht ja leider schnell rum, sowas.»

«Sie... sagen es.»

«Als Frau kann man es immerhin besser verstecken. Sie hatten es sicher viel schlimmer als ich.», wiegelte

Pauline ab. «Aber», fuhr sie dann leise fort, «am Ende läuft es bei uns beiden wohl aufs Selbe hinaus.»

«Wie meinen Sie das?»

«Na, haben Sie schon mal...? Ich meine, so richtig? Bis zum Ende?»

«Nein», antwortete Edgar. Und trotz des geschwollenen Gonzos lief ihm nun eine Träne aus dem linken Augenwinkel. Vor Verzweiflung. Aber auch, weil er diese Verzweiflung noch nie zuvor mit jemandem hatte teilen dürfen.

«Aber Sie könnten? Ich meine... theoretisch?»

«Also, außer, dass er krumm ist, funktioniert er eigentlich... ganz normal.»

Edgar fiel zu spät auf, dass sie sicher ahnte, wie er das meinte. Unter der Decke im Singlebett. Wie entsetzlich peinlich!

«Bei mir», er war sich sicher, aus Paulines Stimme nun einen spöttischen Unterton herauszuhören, «Bei mir ist es dasselbe. Nur mit... weit.»

Nur mit... weit!

Wieder schoss der Schmerz in Edgars Magen. Diesmal aber, weil er nie zuvor etwas so Hinreißendes gehört hatte.

«Sie sind... sehr lustig», stotterte er. Und schämte sich auch dafür bereits im nächsten Augenblick: «Ich hoffe, Sie fanden das... jetzt nicht aufdringlich.»

«Ich glaube, nach allem, was wir schon voneinander wissen, gibt es nicht mehr viel, was ich aufdringlich finden könnte.»

Pauline lachte. Und ihre Hand auf Edgars Rücken

machte einen kleinen, unglaublich wohltuenden Rutscher nach links.

Woraufhin der Gonzo sich noch ein wenig weiter aufblähte. Was gar nicht mehr wohltuend war.

Weil der knubbelige Kopf des Ungetüms plötzlich mit voller Wucht unten am Beinausschnitt aus Edgars Unterhose herausploppte!

«Hhhh...!», fuhr Edgar entsetzt zusammen.

«Alles in Ordnung?»

«Jaja... na... natürlich», log er.

«Vielleicht doch ein bisschen Klaustrophobie? Soll ich meine Hand lieber wegnehmen, damit das nicht so eng...?»

«Nein! Nein, bitte nicht!» Grauenhaft flehend hatte das geklungen und vor Gram fing Edgars Kopf an zu glühen, noch heißer und sicher auch noch röter als der vom Gonzo.

«O.K.!» Pauline ließ ihre Hand, wo sie war und unendlich erleichtert atmete Edgar auf.

Trotzdem bog sich das verfluchte Ungeheuer, statt endlich Ruhe zu geben, nun unerbittlich weiter aus der Unterhose heraus. Hinein in Edgars Jeans, links herum auf Pauline zu- und mit der Spitze gegen Ihr Bein!

«Hhhh...!», entfuhr es Edgar erneut. Panisch machte er mit seinen Pobacken einen Hopser zur Seite, um das Schlimmste zu verhindern, kam aber so ungeschickt wieder auf, dass der verhasste Gonzo gleich noch zweimal mit seinem grässlichen Monsterkopf an Paulines Oberschenkel buffte.

«T...tut mit leid, ich... also...», wimmerte Edgar tonlos und mit bebenden Lippen, während Scham und Verzweiflung wie Geröll bei einem Erdrutsch auf ihn niederbrachen.

Und sie die Himmelshand von seinem Rücken nahm.

«Ich hoffe, Sie finden das... jetzt nicht aufdringlich...», sagte Pauline dann leise.

«Hhhh...!», durchzuckte es Edgar ein drittes Mal.

Weil ihre Hand plötzlich ganz woanders war.

Am Gonzo!

«N...», seufzte er, bevor ihm so schwindelig wurde, dass er zur Seite kippte. Ins Dunkel des Raumkreuzers.

Zusammen mit Pauline.

In den Tunnel.

Auf dem herrlich weichen Teppichboden.

Der eigentlich ja doch sehr besucherfreundlich war, dachte Edgar, als er wieder denken konnte.

Und grinsen musste, während Pauline ihn küsste. Und er sie. Immer und immer wieder.

Woraufhin sie beschlossen, nicht mehr zur Schönheitsbehandlung in den zweiunddreißigsten Stock zu fahren. Sondern nach geglückter Befreiung lieber gemeinsam zu Edgar oder Pauline nach Hause. Oder woanders hin, Hauptsache gemeinsam.

Weil sie jetzt wussten, dass manche Menschen wohl wirklich extra etwas anders erschaffen worden waren. Anders groß, krumm oder weit. Für ganz spezielle Zwecke.

Nicht von Gott. An den glaubte Edgar noch immer nicht.

Aber er wusste jetzt, dass es tatsächlich einen Himmel gab.

«Das waren die dritten für diese Woche. Wir haben einen Lauf!»

Zufrieden hakte Professorin Dr. Schrader, Leiterin der Fachbereiche Angewandte Kunst und Ästhetik, auf einem Formular zwei weitere Namen ab.

«Gonzo und Tunnel waren aber auch einfach», grinste Kollege Professor Dr. Schrader, der auch ihr Ehemann war, während er den Monitor der Überwachungskamera im Auge behielt. Auf dem ein eng umschlungenes Paar zu sehen war. Von der Fahrstuhltür schlenderten die beiden langsam durch das Foyer des Hochhauses in Richtung Ausgang.

Zwei wirklich schöne Menschen.

Weil sie glücklich waren. Darüber, wie perfekt sie zusammenpassten.

Was die These des Professorenpaares Schrader einmal mehr eindrucksvoll belegte.

«Schönheit durch Ergänzung- Studie zum Beweis der ästhetischen Supplemetärtheorie», stand vorne auf der Mappe mit den Formularen.

«Was haben wir als nächstes?»

«Mamma- und skrotale Asymmetrie. Also unterschiedlich große Brüste und unterschiedlich lange Hod...»

«Schieleuter und Kuckuksuhr?»

«Machmal bist Du echt fies!»

«Schlabberlippe!» Flüsternd blickte der Professor vom Monitor auf und grinste.

«Hängesack!», zischelte die Professorin, grinste zurück und küsste ihn.

Wobei beide wunderschön aussahen.

Weil sie glücklich waren. Darüber, wie gut sie zusammenpassten.

CALLIE WELLENSTEIN

AUF DEN HUND GEKOMMEN

Angespannt saßen die Mistress und Herrin da und tranken ihren Kaffee. Warum meldete er sich noch nicht, keine Nachricht ließ ihr Handy vibrieren. Kurz beflog sie die Befürchtung, dass er doch noch vor der Durchführung ihres Planes erwischt worden war, schoben diese Bedenken aber schnell beiseite. «Er ist sicher erfahren genug, dass ihm solche Anfängerfehler nicht passieren», sagte die Herrin, und schenkte noch eine Tasse Kaffee ein. Seit die beiden ihm die erste Aufgabe für den Tag mitgeteilt hatten, war erst eine halbe Stunde vergangen, es gab keinen Grund zur Eile. «Überlege dir eine abgelegene Stelle, die du vor deinem Fahrtantritt aufsuchen kannst», hatten sie ihm geschrieben. «Sobald du dich von dort meldest, folgen weitere Anweisungen, wir verbitten uns in der Zwischenzeit jegliches Nachfragen.»

Es war ein wunderschöner Tag, genau das richtige Wetter für das, was für den Sklaven als Aufgabe geplant war. Seine Herrin hatte den Kontakt zur Mistress hergestellt, sie wollte ihn vorführen und testen, ob er auch würdig war, ihr gemeinsamer Sklave werden zu können. Bis jetzt stellte er sich nicht schlecht an, er wusste, wie man sich einer Mistress gegenüber benehmen musste und zeigte sich sehr willig und bemüht. An diesem Tag musste er mit dem Auto zu einem geschäftlichen Termin fahren, und zusammen mit der Herrin hatte sie vor, ein wenig mit ihm zu spielen. Akribisch genau hatten die beiden geplant, was sie an diesem Tag mit dem Sklaven zu tun gedachten. Schon Tage vorher schrieb ihm die Mistress: «Geh in ein Sanitätshaus und kaufe eine Adultwindel, ein Microklist 5ml und feuchte Tücher.» Hier zeigte es sich sofort, dass er Erfahrung darin hatte, Befehle ohne murren oder hinterfragen zu befolgen. «Denk auch daran, deinen Keuschheitskäfig anzulegen. Aber nimm nur einen Schlüssel mit, den zweiten lässt du brav zuhause. Und damit die Mistress sieht, dass du ein braver Sklave bist, nimm deinen Dogtail-Plug mit.» Hier kam dann doch ein kleiner Einwand von ihm, er hatte Bedenken, dass er mit dem Plug bei seinem Termin nicht sitzen könnte. Aber schnell hatte die Mistress ihn wieder in seine Grenzen verwiesen. Zuletzt bekam er noch die Information, dass er eine kleine Dose mit einpacken müsse, warum, würde er schon noch erfahren.

Endlich ertönte das Signal, dass eine Nachricht empfangen wurde. Die Mistress stellte ihren Kaffee zur Seite und schaute auf ihr Handy. «Ich bin in 15 Minuten unterwegs», hatte der Sklave geschrieben. Sehr gut, Zeit genug, um mit der Herrin zusammen noch einmal alle Punkte ihres großartigen Planes durchzugehen. Auch der persönliche Sklave der Mistress war ganz aufgeregt, aber er schien auch ein wenig eifersüchtig, weil dieses Mal nicht er es war, der den beiden Damen zur Verfügung stand. Mit einem Stirnrunzeln missbilligte die Mistress diese Reaktionen ihres Eigentums, vermutlich überlegte sie schon, was sie ihm zur Strafe auferlegen konnte. Sein Verhalten ließ normalerweise nie zu wünschen übrig, da gab es also heute durchaus noch Handlungsbedarf. Doch zunächst würde sie sein Verhalten aber erstmal durch Nichtbeachten bestrafen, ihr Probesklave forderte ihre ganze Aufmerksamkeit. «Stelle sicher, dass du ALLE Utensilien mit dir führst», ermahnte die Mistress noch einmal per Nachricht. «Wir werden dir deine Aufgaben mitteilen, sobald du dich von deinem ausgesuchten Parkplatz meldest.» Kurze Zeit später kam die nächste Nachricht des Sklaven, dass er den Parkplatz erreicht hätte und ausgestiegen wäre. «Sehr gut», schrieb ihm die Herrin. «Jetzt wirst du dich in das Hundchen der Mistress verwandeln, ich bin gespannt, ob ihr dein Dogtail gefällt.» «Ja Herrin», kam die Antwort. « Ich suche mir eine abgelegene Stelle, an der ich mich verwandeln kann.» Ungeduldig warteten die beiden Frauen auf die nächste Nachricht des Sklaven. Warum brauchte er nur so lange? Es musste ihm doch klar sein, dass das lange Warten nicht gerade förderlich für eine gnädige Stimmung der beiden war. Nach einer gefühlten Ewigkeit kam von ihm die Mitteilung, dass er keine Stelle finden könnte, die uneinsehbar genug wäre. «Hatte ich dich nicht extra darauf hingewiesen, dass es eine abgelegene Stelle sein soll?», herrschte ihn die Mistress an. Geduld mit unfähigen Sklaven gehörte nicht zu ihren vorrangigen Eigenschaften, nicht umsonst widmete sie sich niemals Anfängersklaven, die nichts als Ärger und unnötige Arbeit machten. «Wie soll ich denn weitermachen mit dir, wenn du schon an so kleinen Aufgaben scheiterst?» Dies schien den Sklaven zu motivieren, jetzt doch mit Nachdruck eine geeignete Stelle zu finden, kamen doch nach kurzer Zeit Bilder, die ihn auf allen Vieren zeigten, den Dogtail brav tief eingeführt und stolz präsentiert. «Das schaut schon viel besser aus», ließ sich die Mistress zu einem Lob herab. Auch die Herrin schien zufrieden mit ihrem Sklaven zu sein. «Alles, was du jetzt machst, sollst du mit einer Kamera filmen, wir möchten sehen können, dass du unsere Anordnungen exakt umsetzt», lautete die nächste Nachricht. «Positioniere die Kamera so, dass uns nichts entgeht.» Als vom Sklaven nur ein «Okay», als Antwort kam, wandte sich die Mistress zur Herrin: «Also gut trainiert ist was anderes, ich bin gewohnt, dass meine Befehle freudiger umgesetzt werden. Ich vermute, dass ich hier noch etwas mehr Nachdruck in meine Anweisungen geben muss!» Auch die Herrin war nicht erfreut über die nur unzureichenden Reaktionen ihres Sklaven. Sie hatte ihm im Vorfeld deutlich klar gemacht, dass sich die Mistress ausschließlich mit gut trainierten Sklaven beschäftigt, die wissen, wie man sich der Obrigkeit gegenüber benimmt, und hatte ihn auch dementsprechend instruiert.

«Nimm nun den Schlüssel deines Keuschheitskäfiges, lege ihn in die kleine Dose, die du hoffentlich mitgenommen hast, und vergrabe diese nach Hündchenmanier an einer Stelle, die du dir gut merken kannst», übermittelte die Mistress ihre nächste Anweisung. Sie gab ihm auch nochmal zu bedenken, dass sie nur brave und folgsame Hundchen möge. «Sorge dafür, dass wir genau sehen können, dass du auch wirklich den Schlüssel in die Dose legst, bevor du sie vergräbst», schrieb sie noch schnell hinzu, rein vorsorglich. Sie nahm einen weiteren Schluck Kaffee aus ihrer Tasse und schaute die Herrin verschmitzt lächelnd an. «Mal sehen, ob er auch wirklich weiß, wie sich ein braver Hund bei mir benehmen muss, bis jetzt scheint doch noch sehr viel Luft nach oben zu sein», kicherte sie. «Aber ich bin mir sicher, dass du ihm schon noch ein perfektes Training verpassen wirst, er scheint Potential zu haben.» Inzwischen setzte der Sklave der Mistress eine beleidigte Miene auf und widmete sich einem Minispiel auf dem Handy. Die Mistress seufzte, nahm ihm das Handy ab und warf es mit geübtem Schwung in den kleinen Tresor mit Zeitschaltuhr, der immer in ihrer Nähe stand und verriegelte ihn dann für die nächsten zwei Stunden. «Mistress», kam in selben Moment die Nachricht des Sklaven. «Und das soll ich alles filmen?» «Natürlich sollst du das!», schrieb sie ärgerlich zurück. «Ein wenig bist du schon schwer von Begriff, scheint mir.» Nach einer kurzen Pause kam eine Nachricht zurück: «Mist, erwischt!». Die Mistress musste an sich halten, um nicht zu explodieren. «Du bist wohl wirklich zu unfähig, um einen passenden Platz zu finden! Sieh zu, dass du eine bessere Stelle findest und wage es nicht, dich ohne Video zu melden», tippte sie mit genervtem Gesichtsausdruck in ihr Handy. «Unglaublich», wandte sie sich an die Herrin. «Es kann doch nicht so schwer sein, sich an einfachste Anweisungen zu halten. Ich hoffe für ihn, dass er sich beim nächsten Versuch besser anstellt.» Trotz ihres Ärgers warteten die beiden Frauen besorgt auf die nächste Nachricht. Sie wollten nicht, dass er größere Schwierigkeiten bekam, als er verdient hatte. Ein wenig Stress gönnten sie ihm aber schon, es war schließlich seine eigene Unfähigkeit, die ihn in das Schlamassel gebracht hatte. Nach einer gefühlten Ewigkeit meldete er sich zurück, ein Lastwagenfahrer wollte anscheinend seine Notdurft genau an der Stelle verrichten, die der Sklave sich als ideales Versteck für seine Dose ausgesucht hatte und war ein wenig erstaunt darüber, wie er dort einen nackten Mann mit Dogtail-Plug und Keuschheitskäfig vorfand. Aber um die Mistress zu besänftigen, hatte der Sklave sogleich an seiner neu gefundenen Stelle die Dose vergraben und sendete stolz das Video davon. Mit gefälligem Nicken schaute sich die Mistress das Video an, er hatte sich an all ihre Anweisungen gehalten und alles so gefilmt, wie sie es von ihm verlangt hatte. «Jetzt wirst du noch brav die Stelle markieren, an der du den Schlüssel vergraben hast, wir möchten schließlich, dass du sie wieder findest. Wir möchten aber, dass du uns zeigst, wie du es richtig machst», schrieb sie ihm. «Ja Mistress, der Baum hier ist ein guter Hinweis», kam sofort von ihm zurück. Stirnrunzelnd schaute die Mistress zur Herrin: «Also so langsam raubt er mir den letzten Nerv, muss man ihm alles erklären?» Sie nahm ihr Handy zur Hand und schrieb: «Gebrauche den wohl nutzlosen Inhalt deines Kopfes. Wie markiert das brave Hundchen?» Kopfschüttelnd saß sie da und wartete auf die Antwort, die nicht lange auf sich warten ließ: «Pinkeln, Mistress?» «Ah, ich sehe, du hast doch etwas Verstand», schrieb sie ihm ein wenig sarkastisch. «Wenn du uns jetzt noch den Nachweis erbracht hast, dass du die Stelle schön markiert hast, darfst du dich in einen normalen Menschen zurück verwandeln und zu deinem Termin fahren.» Kurze Zeit später kam das gewünschte Video und der Sklave bedankte sich auch bei der Mistress, wie es sich gehört. «Sehr gut, Sklave», lobte ihn die Mistress. «Sobald du wieder zurück fährst nach deinem Termin, suchst du so schnell wie möglich wieder einen Parkplatz auf und meldest dich bei uns.» Der Sklave gelobte Besserung bei der Wahl des nächsten Parkplatzes und verabschiedete sich unterwürfig von der Mistress. «Ich freu mich schon darauf, ihm später die weiteren Anweisungen zu geben», sagte die Mistress zur Herrin. «Wenn er wüsste, dass im Vergleich zu den kommenden Aufgaben dieses bis jetzt nur ein Spaziergang war, würde er deutlich nervöser bei seinem Termin sein.» Sie lachte herzlich und auch die Herrin musste lächeln. Sie war froh, dass die Mistress wieder besser gelaunt war. Trotzdem schrieb sie dem Sklaven vorsorglich noch eine letzte Nachricht: «Oh je, wenn ich mir das letzte Video so ansehe, schwant mir nichts Gutes, da ist die Mistress bessere Hunde gewohnt. Oder seit wann pinkelt ein Hund auf zwei Beinen? Da musst du dir nachher wirklich mehr Mühe geben, ich bin schon recht enttäuscht von dir.» «Du bist viel zu nett mit ihm», rügte sofort die Mistress. «Ich hätte ihn später schon noch dafür gestraft, dass er es nicht richtig gemacht hat. Jetzt ist er vorgewarnt, da macht das Strafen nur noch halb so viel Spaß.» Die Herrin schmunzelte, wusste sie doch, dass die Mistress trotz allem recht zufrieden mit dem bisherigen Verlauf der Dinge war und sich schon auf die Fortsetzung am Nachmittag freute.

Drei Stunden später meldete sich der Sklave wieder. Doch leider teilte er nicht mit, dass er jetzt auf dem Rückweg sei und den neuen Parkplatz aufgesucht hätte, sondern musste den beiden Damen gestehen, dass er auf der Autobahn im Stau stand und noch nicht einmal bei seinem Termin gewesen wäre. «Na gut», schrieb ihm die Mistress. «Da werde ich dir jetzt nicht die Schuld geben, wobei man sich auch im Vorfeld über Verkehrslagen informieren kann. Zu deinem Glück habe ich aber heute lange Zeit, so dass du dich später wieder melden kannst, nach deinem Termin. Deinem beruflichen Erfolg möchten wir schließlich nicht im Wege stehen.» «Vielen Dank, Mistress», kam vom Sklaven zurück. «Ich bin Ihnen sehr dankbar, dass Sie sich so viel Geduld und Zeit mit mir nehmen.» Die Mistress schaute zur Herrin: «Ich glaube, so langsam versteht er, wie er sich mir gegenüber verhalten soll. Wenn er so weiter macht, dann kann aus ihm tatsächlich noch ein ausbaufähiger Sklave werden.» Auch die Herrin schien jetzt mit ihm zufrieden zu sein und stimmte der Mistress zu: «Er hatte jetzt genug Zeit, um im Stau über sein nicht angemessenes Verhalten nachzudenken, man sieht, dass er sich tatsächlich Gedanken darüber gemacht hat.»

Es war schon gegen Abend, als sich der Sklave wieder meldete. Man merkte schon in der Art, wie er schrieb, dass er Angst hatte vor der Reaktion der Mistress. Aber auch seine eigene Enttäuschung war deutlich zu spüren. «Wenn es mir die Mistress und die Herrin erlauben, dann würde ich jetzt einfach nur noch zurück zum Parkplatz fahren, um meinen Schlüssel zu holen», schrieb er. Er erzählte weiter, dass er den ganzen Tag nur im Stau stand und auch seinen Termin nicht hatte wahrnehmen können. «Natürlich darfst du das», teilte ihm die Mistress mit. «Sehr schade, hätten wir doch nicht so viel vorgehabt mit dir. Aber ich bin nicht abgeneigt, dir ein weiteres Mal eine Chance zu geben. Du hast zwar noch einige Defizite in deinem Verhalten, aber die Anlagen sind durchaus vorhanden.» Artig bedankte sich der Sklave bei der Mistress für ihr Verständnis und teilte ihr mit, dass er sich geehrt fühlen würde, wenn sie sich mal wieder Zeit für ihn nehmen würde, da er sich ihr gerne beweisen würde.

«Sehr schade», sagte die Mistress zur Herrin. «Das wäre noch unterhaltsam geworden nach seinem Termin. Aber ich bin mir sicher, dass er sich nun ständig ausmalt, was wir ihm mit den ganzen Utensilien, die er besorgen musste, noch abverlangt hätten.» Die beiden Damen schauten sich an und lachten herzlich. «Da bekommt man richtig Lust aufs nächste Mal, zusammen macht es wirklich doppelt so viel Spaß», meinte die Herrin. «Und nun lass uns schauen, wie wir deinen neuerdings aufmüpfigen Sklaven bestrafen können, er bettelt heute geradezu nach einer richtigen Erziehungsmaßnahme.»

Aber der daraufhin folgende Abend ist eine andere Geschichte.

ANDREASKREUZ 24.9.-23.10.

Das charmante Andreaskreuz empfindet Strafe als Selbstbestätigung und neigt zu Übermut. Sein Schaffensdrang und wissenschaftliche Neugier lassen ihn genau die Spannung aufbauen, die andere als reizvoll empfinden: 50 V mit einem klitzekleinen bisschen Ampère. Das macht das Andreaskreuz zum gerngesehen Gast auf außergewöhnlichen Partys. Jedoch Obacht: Einige Andreaskreuze reden gern schlecht über ihre Verflossenen, das macht sie dann trotz einiger vorteilhafter Eigenschaft ein wenig einsam und mürrisch.

PEITSCHE 24.10.-22.11.

Die aufbrausende Peitsche ist im Zusammenleben ein wenig gewöhnungsbedürftig. Sie besteht auf dem genauen Einhalten von Absprachen, während sie mit sich selbst gern mal Ausnahmen macht. In der Partnerschaft müssen Punkte ganz genau geklärt werden. Ob ein Gummifetischist mit den teuren Latexhandschuhen abwaschen darf und wenn ja, mit welchem Spülmittel. Die Peitsche läuft allerdings immer Gefahr, ihren Partner vor den Kopf zu stoßen. Hier muss Sorgfalt in die Partnerwahl gelegt werden: Einige empfinden kurze Schläge auf die Stirn als durchaus angenehm und stimulierend.

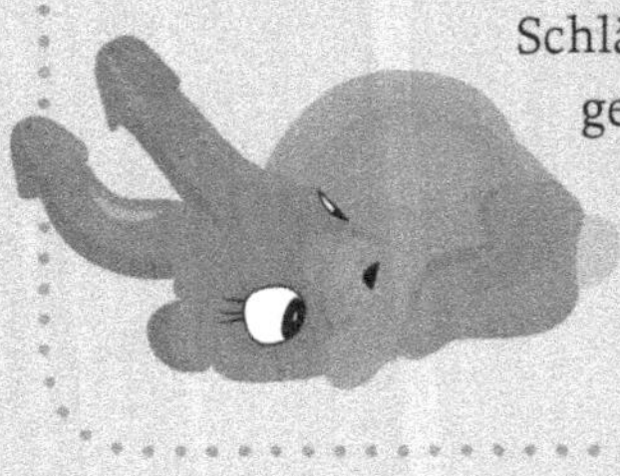

FUSSFESSEL 23.11.–21.12.

Die fürsorgliche Fußfessel entwickelt erst im fortgeschrittenen Alter etwas, das an erotische Ausstrahlung erinnert. Meist liegt das jedoch an einer etwas größeren Erbschaft, einem Lottogewinn oder einem unfair eingesetzten Pheromonspray.

Jüngere Fußfesseln lernen die bindende Wirkung von Handschellen sehr früh kennen und setzen sie bei jeder nur möglichen Gelegenheit ein, um wenigstens zeitweise auch zu einer festen Bindung zu kommen.

FLOGGER 22.12.–20.1.

Der exzentrische Flogger ist in der Lage, sein wahres Wesen komplett zu verbergen. Auf diese Weise macht er sich nahezu unangreifbar und undurchschaubar und ist in der Lage, jedermann zu überraschen – auch sich selbst.

Flogger verlieben sich gern in einflussreiche und reife Persönlichkeiten, auch, weil sie sich häufig aus der Verantwortung flüchten und sich gern ein wenig aushalten lassen. Die spontanen Flogger haben übrigens nicht nur ein Faible für neue technische Geräte, sie sind auch gern mit ihren eigenen Händen kreativ.

DAVID GRAY / KATELYN FAITH

BLÜMCHENSEX

» I'M NOT AFRAID OF MY INNER DEMON. IF SHE'S LUCKY, I'LL TAKE HER OUT FOR A DANCE...«

MARTIN.

Meine Begeisterung, ins Studio «Amour fou» zu fahren, weil Tanja Zenker zu blond war, um ein einfaches E-Mailprogramm zu handhaben, hielt sich in deutlichen Grenzen. Zumal ich ja eigentlich fünf Angestellte beschäftigte, die solche Termine für mich erledigen sollten.

Doch heute Morgen war echt der Wurm drin. Jeder war beschäftigt. Tanja Zenker hatte außerdem so eine ganz eigene Art, mit Servicepersonal umzuspringen. Und nicht jedem meiner Angestellten war sie zuzumuten. Der einzige hier, der sich über einen Termin bei ihr zweifellos ein Loch in den Bauch gefreut hätte, war unsere Aushilfskraft Benny. Aber der war der nerdigste Nerd, den ich je getroffen hatte. Und ich arbeitete immerhin seit 20 Jahren erfolgreich in der Computerbranche. Benny zu Tanja Zenker zu schicken käme mir vor, wie ein unschuldiges Osterlamm einem Metzger mit Zombiefetisch zuzutreiben.

Also griff ich meine Tasche, setzte mich in den BMW und hupte, drängelte und überholte mich aus der Innenstadt heraus in den Speckgürtel.

Tanjas Studio befand sich in einer Reihenhaussiedlung am Stadtrand. Mein eigenes Haus lag nur eine Seitenstraße davon entfernt. Tanja war daher meine Nachbarin, und wir grüßten morgens beim Bäcker oder im Supermarkt dieselben Rentner mit Aldi-Jogginghose und poliertem Benz in der Garage.

Es nervte mich ganz besonders, dass ich, nachdem ich mich heute Morgen durch den Pendlerverkehr gequält hatte, jetzt schon wieder fast nach Hause zurückfahren sollte.

Ich fragte mich jedes Mal, was die Leute aus den Nachbarhäusern, die allesamt so aussahen und redeten, als ob sie heimlich am Samstagmorgen in ihren Anbaugaragen die Nummernschilder ihrer teilfinanzierten Kombis mit Zahnbürsten nachpolierten, wohl glaubten, was in dem unauffälligen, weiß gestrichenen Eckhaus so abging. Wahrscheinlich entsprach nichts davon auch nur ansatzweise der Realität. Sich allen möglichen furchtbaren Illusionen über Tanjas Studio und Beruf hinzugeben passte so gut zu unseren Nachbarn wie Pinguine auf eine Eisscholle.

Ich parkte den BMW vor Tanjas Haus. Mein Telefon klingelte. Annika, meine Frau. Wir waren erst seit knapp drei Jahren verheiratet, und ich war immer noch verliebt in sie. So wie sich das gehörte.

«Martin? Hörst du mich?», fragte Annika.

«Ich bin hier, Puschelhäschen!», antwortete ich und warf dabei einen längeren Blick auf Tanja Zenkers Haustür.

«Ich weiß, dass das jetzt ein bisschen, wie soll ich sagen ... blöd ist ... aber du hast mir gestern fest versprochen, dass du das neue Mailprogramm einrichtest. Nur krieg ich das jetzt nicht auf und ich muss doch noch die Quittungen an meinen Vater mailen, du weißt doch, wie er ist ...»

Ich stöhnte auf und es war mir egal, ob sie es hören konnte. «Annika, der Witz an dem neuen Programm besteht darin, dass es eine zusätzliche Sicherungsfunktion enthält. Du musst dich also erst als Nebenuser vom Computer abmelden, den dann neu hochfahren und dich mit dem Administratorenpasswort wieder anmelden. Erst dann kannst du die neue Software nutzen. Kapiert?»

Schweigen. Längeres Schweigen. «Schatzi?», fragte ich in mein iPhone.

«Äh ja. Klar. Ich versuch das mal. Bis dann. Tschüss!», sagte Annika und legte auf.

Na toll. Nicht mal ein «Hab nen guten Tag» oder ein «Bussi»?! Egal. Meine Kundschaft wartete.

Ab dafür, dachte ich, stieg aus, holte den Koffer vom Rücksitz und betrat Tanja Zenkers Reich der weiblichen Dominanz.

Man sollte sich da gar keinen Illusionen hingeben. Verrucht oder erotisch anziehend war an ihrem Haus und in ihrem Studiobüro gar nichts. Alles Stino-Ikea-Style und – das musste auch mal gesagt werden – noch nicht mal wirklich gründlich geputzt.

Die Bussi-Umarmung, die Tanja mir aufdrängte, sobald ich durch die Tür trat, ging mir furchtbar gegen den Strich. Sie roch nach einem schweren Parfum, und ich fand weder ihren breiten Arsch noch ihre Wespentaille sexy oder auch bloß ästhetisch. Wenigstens hatte sie sich in einen alten Bademantel geworfen und war nicht in Arbeitskluft zur Tür gekommen.

«Na, Tanja, wo klemmt's denn?», fragte ich gereizt.

«Klemmen? Weiß nicht. Bei mir spannt's ja höchstens ab und zu», lächelte sie, trat zur Seite und ging durch den Flur voran zu ihrem Büro.

Tanjas Büro war eigentlich wohl mal als Kinderzimmer gedacht und nur unwesentlich geräumiger als eine Besenkammer. Es war vollgestopft mit Ordnern, Zeitschriften und den Lieferkartons seltsamer Onlineshops mit Namen wie *Pleasure Dom* oder *Sexy Hexy*.

Ihre Computer waren allerdings das Beste vom Besten. Darauf bestand Tanja. Das Problem mit so hoch gezüchteten Superteilen war nur, dass sie auch für Leute konzipiert waren, die sie nicht nur zu schätzen, sondern auch zu handhaben wussten. Und Tanja gehörte nicht dazu.

«Käffchen oder n Schampus, mein Lieber?», fragte Tanja, als ich meine Tasche abstellte und den Computer hochfuhr.

«Kaffee wär gut», sagte ich, setzte mich an den Schreibtisch und begann zu tippen. Alles, nur nicht auch noch von ihr in eine Unterhaltung verwickelt werden.

Sie verschwand.

Ich widmete mich dem Computer. Es dauerte keine Minute, bis mir klar wurde, dass sie sich diesmal wirklich selbst darin übertroffen hatte, das Teil abzufucken.

Puschelhäschen? Ernsthaft? Manchmal fragte ich mich, was eigentlich in Martins Kopf vorging. Abgesehen von Bits und Bytes, aber was darf man schon von einem Mann erwarten, der den ganzen Tag in digitalen Welten verbringt? Martin war ja quasi auch ein digitaler Mann, denn es gab ihn nur in zwei Zuständen – an oder aus. Wobei mir der Aus-Zustand manchmal sogar fast lieber war. Aber als gute Ehefrau wusste ich natürlich, wie man mit Männern umzugehen hat.

Selbstverständlich hatte ich das neue E-Mailprogramm längst ans Laufen gebracht und ihn trotzdem angerufen und nachgefragt, damit er sich ein bisschen nützlich fühlen konnte. Und gebraucht. Was ich wirklich von ihm brauchte, ahnte er allerdings nicht, und ich war definitiv zu feige, mit ihm darüber zu reden.

Auch wenn ich nicht prüde war, aber dem eigenen Mann nach drei Jahren Ehe zu gestehen, dass der Sex mit ihm eher eine belanglose Einschlafhilfe als ein loderndes Feuer war ... sorry, aber das brachte ich nicht über die Lippen. Es hätte ihm das Herz gebrochen. Na ja, oder zumindest das Ego, was in Martins Fall vielleicht sogar eins ist. Ich liebte ihn wirklich, aber im Bett funktionierte er genauso digital wie auch sonst im Leben. An. Aus.

Als ich gerade die versprochene E-Mail an meinen Vater abschicken wollte, erregte ein unbekannter Absender einer weitergeleiteten Nachricht meine Aufmerksamkeit.

Devoterjunge86@yahoo.com

Was zur Hölle ...? Neugierig klickte ich die E-Mail an, bei der es sich ja wohl nur um Spam handeln konnte. Allerdings war sie an meine private, heilige Adresse gegangen, und die kannte nur eine Handvoll Menschen, sodass sie bislang von Spam und Werbung verschont geblieben war. Umso mehr irritierte mich dieser seltsame Absender, und noch viel mehr der Inhalt der E-Mail.

Meine schönste Königin,
wie in jeder Nacht träumte ich auch gestern von Dir. Davon, wie Deine Hand fordernd über meinen harten Schaft gleitet, aus dessen Spitze sich bereits erste Tropfen der Lust hervorquälen. Wie Du mich stundenlang so hinhältst, immer wieder den Punkt erreichst an dem ich kurz davor bin, meinen Lustsaft über Deine wunderschönen Hände zu ergießen. Wie ich Dich anflehe, mich endlich kommen zu lassen. Mich zu erlösen, weil meine Eier schon so schmerzen und steinhart geworden sind.

Dein Lächeln, wenn Du die Macht genießt, die Du über mich hast. Wie sich Dein Gesicht verzieht, wenn Du meiner Lust und meiner Höllenqualen angesichtig wirst, weil Du genau weißt, wie sehr ich mich nach Dir verzehre. Wie sehr ich mir wünsche, Dich berühren, anfassen zu dürfen. Von Dir angefasst zu werden. Doch Du gönnst mir das Vergnügen nicht, weil Du Dich an meinem Leid zu sehr ergötzt. Immer nur kurz zeigst Du mir, was ich mir so sehnlich wünsche, um mein Verlangen nur noch weiter zu steigern, aber dann enthältst Du es mir am Ende vor. Lässt mich nur einmal mit der Zunge über Deine steifen Nippel gleiten, bevor Du Dich wieder zurückziehst.

Wenn Du dann Deine nassen, geschwollenen Lippen über meinen harten Schaft gleiten lässt und lachst, weil mein Becken unter Dir so heftig zuckt; wenn ich mich bemühe, mich in meinen Fesseln winde und verzweifelt versuche, mehr von Dir zu bekommen. Zwischen Deine prallen Schenkel zu dringen und meine ungeheure Lust auf Dich zu stillen.

Ah, fick mich endlich, meine Schönste! Welche Tantalusqualen lässt Du mich hier leiden, Woche für Woche, indem Du mir immer wieder zeigst, was ich begehre, es mir aber nicht gibst? Ich leide, so sehr ... und weiß genau, wie sehr Du das genießt.

Meine Schönste, ich wünsche Dir einen erfreulichen Tag. Ich sehne die Stunde herbei, wenn ich mich wieder in Deine Hände begeben, Deine Macht spüren darf ... bis dahin freue ich mich darauf, von Dir zu lesen. Deine Worte zu genießen, die mich anregen, erregen. Und ja, ich werde brav sein und bis zu unserem nächsten Termin meine Lust nach Dir nicht selbst stillen. Auch, wenn es schmerzt ... ich spare alles für Dich auf, meine Königin, jeden Tropfen.

Dein ergebener Diener

Ach du Heilige ... ich war mir nicht sicher, welche Gefühle in mir die Überhand hatten – die Verwunderung über diese E-Mail, die ja nun ganz sicher nicht an mich gerichtet sein konnte und die sich offenbar im virtuellen Dschungel zu mir verirrt hatte, oder die Erregung über die Worte. Denn das, was ich da las, ließ mich zu meinem Entsetzen nicht kalt. Ganz und gar nicht. Im Gegenteil.

Unruhig rutschte ich auf meinem Schreibtischstuhl herum und starrte auf meinen Monitor. Die E-Mail an meinen Vater verdrängte ich, ebenso das Essen, das auf dem Herd vor sich hin köchelte, und auch Martins dreckige Unterhosen, die in den Trockner gehörten, waren mir auf einmal egal. Stattdessen versank ich in wilden Tagträumen und dachte darüber nach wie es sich wohl anfühlte, einen Mann so zu erregen, dass er mich anflehte, anbettelte. So eine Macht zu spüren. Ein heftiges Ziehen durchzog meinen Unterleib, eine Gänsehaut breitete sich bis in meine Haarwurzeln aus.

Und bevor ich noch wirklich darüber nachgedacht hatte, lagen meine Finger schon auf der Tastatur. Bereit, diesem ergebenen Diener die ersehnte Antwort zu schicken. Nein, ich war nicht die Dame, an die er diese E-Mail geschickt hatte. Ich war keine Madame, keine Domina. Aber ich war heiß darauf zu erfahren, was diesen Mann umtrieb. Wonach er suchte. Und ob ich, Annika, ihm geben konnte, was er verlangte. Wenn auch nur virtuell.

MARTIN.

Aus die Maus.

Tanjas Softwareprobleme waren gewohnt souverän gelöst worden.

Ich war zwar stolz auf mich, aber ich hatte auch allmählich die Nase voll davon ständig bei ihr anzutanzen, um ihre Software-Fuckups hinzubiegen.

Okay, sie war eine meiner ersten Kundinnen überhaupt gewesen, zahlte außerdem stets pünktlich und ohne zu meckern. Trotzdem war meine Firma inzwischen zu groß geworden, als dass es sich für mich und meine Leute noch lohnte, uns mit solchem Kleinkram abzugeben.

Ich hatte eben zwei Mails verschickt und beide waren wie geölt durchs Netz geflutscht, ohne dass Tanjas Software eine Fehlermeldung brachte. Und weil ich fand, dass man nur zu etwas kam in dieser Welt wenn man wirklich effektiv und praktisch handelte, hatte ich bei jenen Mails sogar noch das Notwendige mit dem Nützlichen verbunden.

Ich lehnte mich zurück, verschränkte die Hände hinterm Kopf, drückte den Rücken durch, streckte die Beine aus und rief nach Tanja.

Ihr Studio war weit genug entfernt, dass ich keinen der bedauerlichen Wichte, die ihr offenbar kiloweise Kohle ins Dekolleté schoben, jammern oder betteln hören konnte. Darüber war ich schon froh.

Worauf ich bei den ersten Besuchen hier allerdings schon mal heimlich gelauscht hatte, war das Geräusch von Schlägen. Tanja war eine Domina, und das war es schließlich, was Dominas den ganzen Tag so taten: Ihre Freier verprügeln, mit den Gerten, Peitschen, Holzlinealen, die überall in ihrem Haus herumlagen, als seien sie harmloses buntes Kinderspielzeug, das sie vergessen hatte, wegzuräumen.

«Tanjaaaa!? Fertisch!», rief ich noch einmal, weil ich wusste, dass Tanja es hasste, wenn ich meinen falschen, italienischen Akzent heraushängen ließ.

Nichts.

Ich stand auf und trat zur Bürotür, öffnete sie und rief noch einmal mit diesem übertriebenem Trapattoni-Akzent: «Tanjaaa?! Isch haben fertisch! Kommste mal?!» in den Korridor.

Endlich – das Geräusch von Hochhackigen, die über Tanjas bräunlich graue Bodenfliesen auf mich zu tackerten. Sie hatte sich wohl inzwischen komplett in ihre Arbeitskluft geworfen.

Ich versuchte, die Erinnerung, wie sie bei meinem letzten Besuch darin ausgesehen hatte, zu verdrängen. Nichts gegen Korsetts, Leder oder schicke Stiefel, das kann schon verdammt sexy sein. Vorausgesetzt, es wurde von der Richtigen getragen. An Annika hätte mir so ein Outfit schon gefallen. Nur trug die so etwas nicht. Sie bezeichnete Kleider, die in irgendeinem Sinn für Männer als sexy galten, pauschal als Nuttenfummel. Und Tanja Zenker war einfach zu moppelig, um irgendwelche Teile tragen zu können die aufreizender waren als der alte Morgenmantel, in dem sie mich vorhin empfangen hatte. Weshalb ihre Kunden dafür bezahlten, sie in ihrem Korsett, Stiefeln und hautengem Minirock zu sehen, war zu hoch für mich. Zumal ich sicher war, dass die cremeweißen Flecken, die ich beim letzten Termin hier zufällig an ihren kniehohen Stiefeln entdeckt hatte, bestimmt nicht von Kaffeesahne stammten, sondern ... Oh Mann, besser gar nicht daran denken.

Die Frau, die jetzt auf mich zukam, hatte allerdings so gar keine Ähnlichkeit mit der fülligen Tanja. Wer war das?, fragte ich mich. Bediente Tanja etwa auch Frauen? Schickte sie eine ihrer Kundinnen nach hinten ins Büro? Nein. Das konnte nicht sein.

Trotzdem kam da eine schlanke Brünette, mit großem Busen und schmalen Hüften, auf mich zu. Sie trug einen hellen Mantel mit Schulterklappen, dazu kurze geschnürte Stiefel und unter dem Mantel ein schwarzes einfaches Kleid mit großen silbernen Knöpfen. Sie gehörte zu der Sorte Frauen, die richtige Männer unwillkürlich in den Arm nehmen und vor all dem Bösen da draußen beschützen wollen.

«Hallo, du musst Martin sein! Ich bin Natalie Raveneye», sagte sie, mit einer Stimme, so rauchig, tief und selbstsicher, ich konnte kaum fassen, dass sie wirklich zu diesem zarten Märchenwesen gehören sollte.

«Ähm...», antwortete ich verunsichert und nickte ihr zu. Oh, hatte ich eben wirklich mit diesem völlig bescheuertem, gefaktem italienischen Akzent nach Tanja gerufen? Mist.

Natalie blieb vor mir stehen, sah mich einen Moment lächelnd an, dann streckte sie ihre Hand nach mir aus, legte sie unter mein Kinn und sagte: «Ich bin zwar gewohnt, dass Männer mich anstarren. Aber mach trotzdem den Mund zu, Martin. Das sieht blöd aus!».

Ich war verwirrt. Aber schloss meinen Mund, von dem mir gar nicht bewusst gewesen war, dass er offenstand.

«So gehört sich das», meinte Natalie.

Sie stand so dicht bei mir, dass ihre Möpse bei jedem ihrer Atemzüge über mein kleinkariertes Hemd strichen. Ich wusste nicht so recht, wo ich hinsehen sollte und was ich mit meinen Händen am besten anstellte. Was sie da tat war wirklich unverschämt – was sollte das, wollte sie mich in die Ecke drängen?

Fuck. Sie roch so gut. Und ich sah eine Ecke zarter Spitze von ihrem BH unter dem dünnen Kleid hervorblitzen.

Ich war ein Mann! Hatte sie denn gar keinen Selbstrespekt? Sie benahm sich ja wüster als eine Straßenhure. Außerdem war ich verheiratet. Ich trug sogar meinen Ehering. Frauen achteten doch angeblich auf so etwas. Natalie wohl nicht. Oder es war ihr egal.

«Tanja sagt, du nimmst dein Honorar auch cash? Ohne Rechnung. Stimmt das?», fragte sie.

So nah, wie sie mir dabei war, erzeugte ihre rauchige Stimme Gänsehaut auf meinen Armen. Obwohl – das konnte auch an mehr als nur ihrer Stimme gelegen haben. Denn, so peinlich es war, auch in meiner Hose rührte sich etwas.

«Mach ich nicht für jeden Kunden. Aber bei Tanja ist das okay», antwortete ich und gab mir dabei jede Mühe, möglichst männlich hart und völlig unbeeindruckt rüber zu kommen.

«Hm», sagte Natalie, wandte sich sehr langsam und sehr aufreizend von mir ab und stellte ihren Fuß auf die Kante eines Stuhls voller schmutziger Wäsche, der neben der Tür zu Tanjas Büro stand.

«Zweihundertfünfzig mit Anfahrt sind genug, oder?», hauchte Natalie.

Eigentlich waren zweihundertfünfzig sogar dreißig zu viel.

«Schon recht», sagte ich.

«Na dann...», meinte Natalie und sah auf ihren kleinen, hoch glänzenden Lederstiefel, den sie auf den Stuhl gestellt hatte.

Da steckte ein Bündel Banknoten drin. Gerade so weit, dass sie mühelos herauszuziehen wären.

Natalie sah mich mit diesem unverblümten Lächeln an. Ihre Lippen waren so dunkelrot geschminkt, dass sie fast braun wirkten. Und es waren sehr schön geschwungene Lippen, schmal, aber groß. Genau die Sorte von Lippen, die du einfach so küssen willst, sobald sie in deine Nähe kommen.

«Dann, Martin, so'n großer starker Mann wie du? Nimm dir, was dir zusteht», bot Natalie an, lächelte dabei immer noch und schob ihren Mantel etwas zur Seite, sodass ihr fester kleiner runder Hintern so richtig zur Geltung kam. Und diese Waden und Schenkel, weiß, samtig, weich, so verboten verlockend.

Ich war kein Idiot. Ich wusste, wo ich mich hier befand. Und mir war klar, dass das, was sie hier mit mir trieb, ein Spiel war, bei dem sie ihren Spaß hatte und ich benutzt werden sollte. Aber da war sie. Da waren ihre Haare, ihr Mund, ihr Hals, ihre geilen Möpse und ihr fester Arsch und da war ihr Schnürstiefelchen mit meinem Geld auf der Stuhlkante.

Ich bin kein Perverser. Nie gewesen. Ich wusste, was ich mir schuldig war.

«Was ist, Kleiner? Willst du dein Honorar nicht? Mach ich dir etwa Angst? Oh, du musst doch keine Angst vor so einer zarten Frau wie mir haben, oder?»

Was ich hatte, war ein Steifer in meiner Hose, ein Kloß in meinem Hals und das sehr seltsame Gefühl, dass hier etwas abging, was ich nicht mehr im Griff hatte. Obwohl ich es besser hätte im Griff haben sollen.

Ich griff nach den Scheinen, die über den Rand ihrer Stiefelchen ragten, zog sie hervor und schob sie hastig in meine Hosentasche.

Natalie warf mir einen amüsierten Blick zu, strich dann sacht über meinen Schwanz unter der Hose. «Ich bin ab jetzt jeden Mittwoch und Freitag hier. War mir ein Vergnügen!», sagte sie, löste ihren Fuß von der Stuhlkante, wandte sich ab und ging den Korridor hinab zurück dorthin, wo immer sie hier hingehören mochte.

Ich merkte, dass ich schwitzte. Mein Hals war immer noch trocken. Und mein Schwanz hart. Wie konnte das sein? War es möglich, ein Perverser zu sein, ohne es zu wissen?

Verdammte Hacke.

Ich sah zu, dass ich aus diesem Haus heraus und zurück in meinen BMW kam. Den ganzen Weg durch die Stadt zurück ins Büro bekam ich Natalie nicht aus dem Sinn.

ANNIKA

Du kleiner, perverser Lüstling,
glaubst wohl, Du kannst mir einfach so eine E-Mail schicken und dann auch noch Worte wie ficken *benutzen? Dir muss ich offenbar noch Manieren beibringen, damit Du lernst, wie man mit einer Dame richtig kommuniziert! Denn* ficken, *mein Freund, sagt man nicht! Hat Dir Deine Mami das etwa nicht beigebracht?*

Du kannst es mit mir treiben wollen. Mit mir Liebe machen wollen. Von mir genommen werden. Aber mich ficken ... *nicht mal in Deinen Träumen, Du Sau.*

Ja, bleib anständig und enthaltsam, und zwar so lange, wie ich es Dir auftrage. Und ich will, dass Du es Dir sehr lange verkneifst, aber Du sollst trotzdem jeden Abend im Bett an mich denken und dabei Deinen Schwanz reiben, immer wieder. Wenn die ersten Tropfen aus Deiner Spitze quellen, musst Du aufhören und in diesem erregten Zustand einschlafen und von mir träumen. Und wenn Du dann nach Wochen zu mir kommst, werden Deine Eier steinhart und blau sein und schmerzen, und Du wirst mich auf Knien anflehen, Dich endlich zu befreien von diesem entsetzlichen Schmerz. Und meine Hand wird prüfen, wie riesig und geschwollen Deine Eier sind, damit ich sehe, ob Du auch wirklich brav warst und meine Anweisungen befolgt hast. Und wehe, sie haben nicht die von mir gewünschte Größe ... dann wirst Du es mit meiner Reitgerte zu tun bekommen, und zwar da, wo es sowieso schon am meisten schmerzt.

Aber wenn Du anständig warst, werde ich Dich auslachen, mich vor Dich hinsetzen, mit dem Fuß wippen, sodass Du die sehr hohen Absätze meiner Pumps bewundern kannst, und Dich dazu zwingen, nackt vor mir zu knien und es Dir selber zu besorgen, während ich Dir dabei in die Augen schaue, Dein Kinn anhebe und mit Dir schimpfe, weil Du so ein verdorbener, unartiger Junge bist und Dich für Deine Geilheit schämen solltest. Und ja, genau das wirst Du – Du wirst Dich schämen, weil Du Dich nicht besser im Griff hast. Weil Du fast heulen möchtest wegen Deiner schrecklichen Geilheit, denn ich werde Dir natürlich immer rechtzeitig sagen, wann Du Deinen Schwanz wieder loslassen und aufhören musst.

Und dann darfst Du Dir etwas einfallen lassen, um mich zu besänftigen. Mal sehen ... wenn es mir gefällt, lasse ich vielleicht doch noch zu, dass Du kommen darfst. Vor meinen

Augen. Aber wehe Dir, wenn auch nur ein Tropfen meine teuren Schuhe oder Strümpfe trifft! Dann wirst Du an Deinem eigenen Hintern spüren, wie wütend ich auf Dich bin, wenn Dich die Lederriemen meiner Peitsche ins Fleisch beißen. Bis Dein Arsch genau so blau anläuft wie Deine Eier.

Ich wünsche Dir eine angenehme Zeit der Vorfreude, mein ergebener Diener.

Deine Königin

Oh. Mein. Gott. Meine Wangen waren knallheiß, als ich die E-Mail, ohne sie noch einmal zu lesen, abschickte. An einen mir völlig unbekannten Empfänger, der natürlich auf Post seiner Domina wartete und sich nun vielleicht wunderte über diese Nachricht. Ob ich den richtigen Ton getroffen hatte? Oder war das zu harmlos, zu nett? Ich hatte keine Ahnung, schließlich hatte ich noch nie was damit zu tun gehabt und keinen Schimmer davon, wie man sich als Domina überhaupt ausdrückte. Der Schimmer befand sich allerdings längst zwischen meinen Beinen, denn das Schreiben der Nachricht und das damit für mich verbundene Kopfkino hatten mich total angemacht. Himmel! Was war denn bloß in mich gefahren? War ich jetzt plötzlich pervers geworden?

Ich ließ den Rechner stehen, um dem Drang zu entgehen, vor lauter Neugier alle fünf Sekunden den Posteingang zu aktualisieren. Stattdessen widmete ich mich dem vernachlässigten Haushalt, und während ich Martins gewaschene Unterhosen in den Trockner stopfte, dachte ich darüber nach, wie sehr ich es genießen würde, eine solche Macht über *ihn* zu haben. Wie sehr es mir gefallen würde, wenn er nach Hause käme und ich ihn in hohen Stiefeln und einem engen, sehr kurzen Kleid erwartete. So einem Nuttenfummel halt, die ich eigentlich nicht leiden konnte, aber von denen ich wusste, dass auch Martin natürlich nicht immun gegen solche Reize war. Ich besaß sogar so ein Teil, ganz aus roter Spitze. Das hatte er mir vor zwei Jahren aus einem schmuddeligen Sexshop, in dem er die Rechner installiert hatte, mitgebracht, und ich hatte es angewidert mit spitzen Fingern in den Schrank geknüllt und nie wieder angerührt. Ob es noch da war? Und ob es mir noch passte?

Hilfe, woran dachte ich hier eigentlich? Kichernd setzte ich mich auf die schleudernde Waschmaschine und versuchte, mich abzulenken, was mir so aber natürlich erst recht nicht gelang. Stattdessen wucherte meine Phantasie immer weiter, trieb seltsame Blüten, über die ich selbst erschrak. Bilder von Martin, den ich mit der Wäscheleine ans Bett gefesselt hatte, tauchten vor meinem geistigen Auge auf und erregten mich zutiefst. Du liebe Zeit, wenn er das ahnen würde ... er wäre entsetzt und würde sich fragen, mit wem er da eigentlich verheiratet war. Die Sache ist ja die – einem Fremden gegenüber kann man solche Gedanken natürlich äußern, da passiert ja nichts. Aber dem eigenen Mann? Was, wenn er mich für durchgedreht und total pervers hielte? Dann säße er künftig jeden Morgen mit seiner Zeitung am Frühstückstisch, würde mich über den Rand hinweg anlinsen und mir beim Kaffee trinken zusehen und denken: *Die kleine, perverse Sau will mir den Arsch versohlen, und mit so einer bin ich verheiratet*!

Oh Gott, nein, das durfte nicht geschehen. Niemals. Es gab einfach Dinge, die man nicht mit seinem Partner teilen sollte, jedenfalls nicht, wenn einem die Beziehung etwas wert war und man vorhatte, noch viele Jahre miteinander zu verbringen.

Die Heilige und die Hure. Ich war Martins Heilige, schon immer. Aber warum machte es mich auf einmal so an, für einen fremden Mann die Hure zu sein? Die dominante Hure, die so viel Macht über ihn und seine Sexualität hatte, dass er gar nicht anders konnte, als vor mir zu kriechen, meine Stiefel zu lecken und sich von mir ... ach, verdammt!

Ich hüpfte von der Waschmaschine und rannte an den Rechner. Mit zitternden Fingern öffnete ich das E-Mailprogramm – und erstarrte, als tatsächlich eine Antwort auf mich wartete...

MARTIN

Ich hatte genug von diesem Tag, der nicht besser wurde, nachdem ich ins Büro zurückgekehrt war. Nicht nur, weil Benny meine teure Supertechnik dazu nutzte, World of Warcraft zu spielen statt das zu tun, wofür er bezahlt wurde: Nämlich über die Telefonhotline unsere Großkunden zu betreuen. Die Befürchtung, dass ich außerdem ein Perverser sein könnte, ohne es bisher je geahnt zu haben, hob meine Stimmung auch nicht. Ich liebte Annika ja, doch ich bekam dieses brünette Luder Natalie trotzdem nicht aus meinem Kopf. Mein Schwanz zog sich zwar im Lauf des Tages etwas zurück, was mir wenigstens pikierte Blicke meiner Sekretärin ersparte, aber so ganz in den Normalbürozustand ließ er sich auch nicht zwingen.

Ich hatte eindeutig genug. Gegen vier setzte ich mich in den BMW und war froh, dass ich ihn auf dem Stück Stadtautobahn so richtig treten konnte – Höchstgeschwindigkeit. Genau das war es, was ein echter Mann am Ende eines langen Arbeitstages tun sollte, seinem hart erarbeiteten BMW so auf den Pinsel zu treten, dass die linke Spur glühte und die VWs und Opels vor ihm in Scharen nach rechts auf die Taubenspur herüber flatterten.

Yeah, Baby. Genauso gehörte sich das.

Blöd nur, dass die Strecke auf der Stadtautobahn ziemlich überschaubar war und ich keine zehn Minuten das Vergnügen hatte, bis ich doch wieder neben den Opels und VWs an einer roten Ampel endete. Mist. Das fühlte sich an wie kastriert.

Eine SMS von Annika hob meine Stimmung wieder: «Kauf Kondome!», schrieb sie. Was mir ein wenig daran aufstieß, war das Ausrufezeichen. Doch darüber machte ich mir keine tieferen Gedanken.

Als ich den BMW in unserer Auffahrt abstellte, hatte ich jedenfalls Kondome dabei. Und außerdem einen Teil von Tanja Zenkers Schwarzgeld in eine Flasche Aldi-Schampus investiert.

Ich rief «Hallo, süße kleine Springmaus!», in den Flur, sobald ich durch die Tür trat. «Süße kleine Springmaus» nannte ich Annika nur zu sehr besonderen Gelegenheiten, sie mochte das. Und sie konnte nach ihrer Kondom-SMS ja wohl gar nicht anders, als in Stimmung sein.

Seltsam nur, dass sie nicht zu sehen war und zunächst auch nicht auf meine Begrüßung reagierte. Also legte ich die Jacke ab, lockerte die Krawatte und ging ins Wohnzimmer.

Okay, dachte ich, das geht vorbei. Das muss eine Halluzination sein. Irgendeine der drei oder vier Tassen Kaffee im Büro war mir heute wohl doch nicht gut bekommen. Jedenfalls konnte das da nicht wahr sein.

Annika stand im Wohnzimmer. Sie trug kniehohe Absatzstiefel, die ich noch nie an ihr gesehen hatte. Dazu das enge rote Spitzenkleid, das ich ihr zwar mal in einem Sexshop gekauft, aber das sie nie getragen und immer als Nuttenfummel bezeichnet hatte. In ihrer Hand hielt sie einen der dünnen Bambusstäbe, mit denen sie sonst draußen im Garten die Blumenstöcke und Büsche fixierte.

Sie hatte ihre Lippen so knallrot geschminkt, dass es fast obszön wirkte, und ihre Haare waren streng nach hinten gelegt.

Irgendetwas baumelte da an dem Bambus. Sie blickte mich einen Moment an, dann senkte sie den Bambusstab und was immer es war, das daran hing, rutschte zu Boden.

Verdammt. Sie musste außer in dem Schuhgeschäft, aus dem sie die neuen Stiefel hatte, auch in einem für Haustierzubehör gewesen sein, denn was da von dem Stab gerutscht war und jetzt auf dem Parkettboden lag, war ein Hundehalsband.

Annika folgte meinem völlig fassungslosen Blick. Und lächelte.

«Kragenweite 43, du kleiner Hurensohn. Das verkaufen sie dort für Schoßhunde. Leg es an!»

Mein Kopf war wie leergefegt. Ich war unfähig, mich zu rühren, und mein Magen schrumpfte auf Tennisballgröße zusammen.

Nur mein Schwanz – der rührte sich durchaus.

Verdammter Verräter.

ANNIKA

Oh. Mein. Gott. Ich konnte mich kaum beherrschen bei Martins Anblick, denn sein Gesichtsausdruck war so köstlich, dass ich fast an meinem eigenen Lachen erstickte. Aber ich bewahrte die strenge Miene, die ich schließlich eine Viertelstunde lang vorm Badezimmerspiegel einstudiert hatte, und ließ mir nichts anmerken. Weder das unterdrückte Lachen, noch die furchtbare Aufregung und Unsicherheit, die in mir kribbelte und tobte.

Die Vorstellung, meinem Mann gleich mit dem dünnen Rohrstock den nackten Hintern zu versohlen, erregte mich mehr als jeder Cunnilingus, den er in den letzten Jahren an mir geübt hatte. Ich war so nass wie seit Ewigkeiten nicht mehr, und das heftige Ziehen in meinem Unterleib verstärkte sich noch als ich ihn anherrschte, sich endlich auszuziehen.

«Pusch ...», setzte er an, starrte mich aus riesigen, schwarzen Augen an, und ich ließ zur Drohung den Bambus einmal durch die Luft sirren. Himmel, was für ein geiles Geräusch! Meine Muschi zuckte vor Lust bei dem Gedanken, dass dieser dünne Stab gleich dunkelrote Striemen auf Martins nacktem Hintern verursachen würde. Dass *ich* diese Striemen auf seinem Hintern verursachen würde. Und die Tatsache, dass er bereits eine deutlich sichtbare Erektion hatte, machte mich nur noch sicherer. Ich hatte das Gefühl, einen halben Meter größer zu sein als sonst, und das lag nicht an den hohen Absätzen meiner neuen Stiefel.

«Du wirst dieses Wort nie wieder mir gegenüber verwenden. Hast du mich verstanden? Anderenfalls werde ich dir den Arsch grün und blau hauen! Also ... zieh dich aus, Martin. Alles. Ich will dich nackt sehen. Und dann knie dich da vorne hin, neben das Schuhregal. Nachdem du das Halsband umgelegt hast. Mir ist nämlich zu Ohren gekommen, wie du dich heute im Dominastudio benommen hast. Und das bleibt nicht ungestraft!»

Ich konnte sehen, wie er zitterte, während er mir gehorchte. Ohne den Blick von mir zu lösen, knöpfte er das karierte Hemd auf, das ich so hasste, und ich verschränkte meine Arme vor der Brust und setzte ein süffisantes Lächeln auf, während ich ihn beobachtete.

Nein, wir mussten nicht mehr darüber reden. Einer einzigen fehlgeleiteten E-Mail sei Dank. Denn ohne die Antwort darauf wäre ich niemals auf die Idee gekommen, meine neue Lust am *Perversen* tatsächlich auszuleben. Mit meinem geliebten Mann.

Hallo Annika,
ich weiß, dass Du es warst, die gerade diese Mail verschickt hat, weil ich nämlich eben meine eigenen Mails lese und dabei feststellte, dass Dein Mann eine Mail, die eigentlich

an mich gedacht war, versehentlich an Dich weitergeleitet hat. Dafür ist die Mail, die er wohl an Dich schicken wollte, stattdessen bei meinem Kunden gelandet. Der wird sich also gewundert haben, weshalb ich ihm eine Mail schreibe, in der ich ihn nicht nur mit Puschelhäschen anrede, sondern ihn außerdem daran erinnere, dass die Golfhosen und die Joggingshirts gewaschen werden sollten. Er wird sich noch mehr darüber gewundert haben, dass ich meine Mails neuerdings mit Martin unterzeichne, obwohl ich ja Tanja heiße, Tanja Zenker.

Ja, genau die Tanja Zenker. Ich bin die mit dem Dominastudio zwei Straßen weiter, über das sich hier in der Siedlung jeder das Maul zerreißt. Mir ist boogie, was meine Nachbarn davon halten, womit ich mein Geld verdiene. Aber mir macht mein Job Freude. Eines Tages werde ich das mal auf einen Flyer drucken und von meiner neuen Zofe überall in der Nachbarschaft verteilen lassen: «Hallo, ich bin Tanja Zenker, vom knuffigen Dominastudio gleich um die Ecke. Nein, liebe Nachbarn, es ist kein Gerücht: Ich mag es wirklich, Männern – und zuweilen auch Frauen – den Hintern zu verbimsen. Das ist ein Dienst an der Gesellschaft, der sträflich unterschätzt wird. Falls Sie das widerwärtig finden sollten, habe ich einen Ratschlag für Sie: Go fuck yourself.»

Ich habe Dich ab und zu gesehen, wenn Du mit Martin am Wochenende spazieren gegangen bist. Ich glaube, wir haben uns beim Aldi auch schon ein paar Mal gegrüßt. Deinen Mann kenne ich natürlich besser, ich bin seit Jahren Kundin seiner Firma. Ich nehme an, Du fragst Dich allmählich, weshalb ich so eine lange Mail schreibe, wenn ich doch eigentlich die kleine Peinlichkeit hätte vergessen können, die Martin da mit seinen Mails produziert hat.

Du hast jedes Recht der Welt, Dich das zu fragen. Daher will ich auch gar nicht länger um den heißen Brei reden. Ich hatte Martin ja immer mehr für den Blümchensextypen gehalten. Heute Morgen änderte sich das allerdings. Meine Zofe Natalie war sehr ungezogen zu Martin – sie verwechselte ihn versehentlich mit einem Kunden und behandelte ihn unangebracht herrisch. Natürlich habe ich ihr Fehlverhalten sofort bestraft, sie putzt bereits die Toilette.

Martin schien das allerdings sehr gefallen zu haben! Ich bin sehr zufrieden mit Martins Arbeit und ich respektiere eine Frau, die vom selben Schlag ist wie ich, da aber sein Gefallen an Natalies Gehabe nicht zu übersehen war – Du verstehst schon – wollte ich sichergehen, dass Du davon weißt. Ich denke, dass auch Martin eine Strafe für sein ungebührliches Verhalten verdient hat ... Dir wird sicherlich etwas dazu einfallen.

Deine Mail an Devoterjunge86@yahoo.com war großartig, und eigentlich an dieses schwanzlose Stück von einem Charaktergeizling wie ihn verschwendet. Du hast offenbar Potenzial. Falls Du eines Tages keinen Bock mehr auf das Hausfrauendasein hast und nach neuen Herausforderungen suchst ... es gäbe eine Menge weiterer Mails bei mir zu beantworten ... vielleicht magst Du mal darüber nachdenken, wenn Du später mit Deinem Mann fertig bist?

Mit schwesterlichen Grüßen
Tanja «Lady Ravenclaw» Zenker

Alexander Wohnhaas

Der Traum vom Glück

«Ich fick dir das Gehirn raus, wenn du es möchtest.»

Sie ist blond. Natürlich ist sie blond. Ein Engel, wie er ihn sich nicht hübscher erträumen könnte.

«Ich blas' dir deinen Schwanz. Du kannst ihn mir auch hinten reinstecken. In den Arsch. Alles, was du willst.»

Nur ihre Wortwahl ist ihm zu vulgär.

«Nein», sagt er.

«Nein? Was soll ich dann tun? Ich tue alles, was du willst. Alles!»

Es ist Herbst. Er liebt den Herbst. Es ist noch nicht so kalt wie im Winter, aber er verströmt etwas ‹Verrottendes›, ein Hauch Vergänglichkeit, der noch einmal in allen bunten Farben erblüht. Das Laub ist noch auf den Bäumen. Rostrot, schmutziges Gelb. Wie ein funkelndes Feuer erstrahlen die Blätter in der aufgehenden Morgensonne. Ein Feuer, das alles Lebendige verzehrt.

«Nimm mich in den Arm. Für den Anfang.»

Der Engel lächelt zärtlich. Sie ist ihm erschienen auf seinem einsamen Weg. Dort zwischen den Bäumen. Wie ein feengleiches Wesen war sie plötzlich aufgetaucht, hatte sich zu ihm gesellt, ihn angestrahlt, so hell und klar wie das Feuer auf den Bäumen, wie die glitzernde Morgensonne, und nun nimmt sie ihn in den Arm.

«Gut so?»

«Ja», sagt er. «Berühr mich. Hier.»

Er deutet auf seinen Nacken. Und sie fährt ihm mit einer spielerischen Geste durchs Haar und streichelt die Stelle.

Das kurze Aufflammen einer Erinnerung. Schmerzhaft, schön. So hatte sie es auch immer getan. Sie. Eine immanente Erinnerung. Etwas, das ihn begleitet. Etwas Schönes, etwas Grausames.

«Soll ich fester?»

«Nein. Es ist gut so.»

Sie nähert sich mit ihren Lippen. Erdbeerrot. Eigentlich viel zu rot. Sie sehen so billig aus.

«Mach das weg», sagt er.

«Was?»

«Den Lippenstift. Ich möchte deine Lippen spüren. Ganz natürlich.»

Nichts deutet darauf hin, dass sie überrascht wäre. Sie lächelt kurz, wischt sich mit der Hand übers Gesicht und wie durch Zauberei ist der Lippenstift verschwunden.

Ja, so ist es besser. Volle Lippen. Rot, aber nicht zu rot.

Jetzt küsst sie ihn. Ganz vorsichtig. Zuerst auf den Hals. Ein angenehmes Prickeln huscht über die dünnen Härchen seiner Haut und lässt ihn erzittern. Ihre Hand streichelt weiter seinen Nacken.

Er wagt nicht, sie auch zu berühren. Er hat Angst, sie könne verschwinden, wie eine Seifenblase zerplatzen.

«Willst du mich nicht auch anfassen?» fragt sie.

«Doch, aber...»

«Nur nicht so schüchtern. Ich halte es aus. Tu, was du willst, mit mir.»

Jetzt berührt er sie. Ihre Haut ist warm und glatt. Die leichte Bluse, die sie trägt und die selbst für diesen sonnigen, warmen Herbsttag ein wenig zu dünn erscheint, ist tief ausgeschnitten und er glaubt, ihren Herzschlag zu spüren, als seine Hand ihren Busen streichelt.

«Oh, ja», stöhnt sie. «Das ist gut.»

Ja, es ist ihr Herz. Es pulsiert. Ta-tack, ta-tack. Es scheint ein wenig schneller zu schlagen, als er nun eine ihrer Brüste ergreift.

«Ja, los. Fester!» stöhnt sie.

Erschrocken zieht er die Hand zurück.

«Was ist los?»

«Ich mag das nicht», sagt er.

«Was?»

Er sagt nichts, doch sie scheint seine Bedenken schon vergessen zu haben und küsst ihn weiter. Eine Hand gleitet seine Brust herab, öffnet ein paar Knöpfe. Er trägt ein Hemd. Sonst trägt er nie Hemden. Eher ausgewaschene T-Shirts, Hosen, die schon von anderen getragen wurden. Doch hier, an diesem zauberhaften Herbstmorgen, trägt er ein Hemd, blütenweiß. Es sitzt wie angegossen, doch es stört diesen Engel. Energischer öffnet sie weitere Knöpfe, bis seine nackte Brust zu Tage tritt. Ihr Mund ergreift die Flucht nach vorne und stößt raubvogelartig auf seine Brustwarzen herab. Im ersten Moment ist er geschockt obgleich ihrer Gier. Ihre Zähne verfangen sich in einem seiner Nippel. Er ist hart wie Granit. Ein Schmerz und ein Verlangen.

Wieder eine Erinnerung. Schmerzen und ein Verlangen. Seine Augen werden feucht.

«Ist es gut so?» fragt sie.

«Ja», sagt er fast tonlos.

Jetzt scheint sie nichts mehr zu bremsen. Immer schneller werden ihre Küsse, ein tänzelndes Gleiten der Zunge. Tiefer. Über den Bauch, am Nabel entlang, und ihre Hände, die in gleichmäßigen, flüssigen Bewegungen seine Brust massierten, begleiten sie dabei, wandern wie winzige, prickelnde Explosionen herab, bis sie den Gürtel seiner Hose packen, am Tor seiner Männlichkeit rütteln.

«Warte!»

Sie blickt zu ihm auf. Ihre Augen voller Unschuld. Ein Kind, das nur spielen möchte. Spielen mit ihm.

«Lass ihn mich in den Mund nehmen», sagt sie. «Ich mach es auch ganz zärtlich. Ich will, dass du kommst. Du kannst mir auch gerne ins Gesicht spritzen. Da stehe ich drauf.»

«Nicht den Mund», beharrt er.

Wieder macht sie keine Anstalten, ihm zu widersprechen.

«Soll ich die Hand nehmen?»

«Ja...», entgegnet er zögerlich. «Die Hand.»

Eine kleine, zierliche Hand schlüpft durch den rasch geöffneten Reißverschluss. Sie ist etwas kalt, aber nicht unangenehm. Sein Glied ist noch nicht hart, nur ein klein wenig angegeilt. Doch ihre kontraktartigen Bewegungen, das mechanische, langsame Auf und Ab, das Wichsen, erzielt schnell ein Ergebnis.

Plötzlich reißt der Himmel auf. Der strahlende Morgen glänzt in noch kräftigeren, scheinbar unmöglichen Farben.

Ist da ein Streifen Indigo zu erkennen? Und dort ein Hauch von Pink? Selbst die Sonne erscheint plötzlich größer. Viel näher. Sie ist warm. Wie das Feuer auf den Bäumen.

Ihre Hand, diese köstliche, kleine, Wonne spendende Hand, wird schneller, fährt ihm mit dem Daumen über die entblößte Eichel. Ein erster Lusttropfen entgleitet. Er hat einen Ständer, einen Megaständer und über ihm explodieren Sterne, der Himmel scheint ihn zu verschlucken und ins weite All hinauszukatapultieren. Unendlicher Raum, unendliche Tiefe. Der Boden, die Erde. Alles ist weit weg. So weit, weit weg.

Perfekt.

Doch plötzlich erschüttert ein ohrenbetäubendes Klopfen das Firmament. Die Sterne fallen wie überreife, bereits verdorbene Früchte von ihrem Platz. Risse tauchen auf. Zunächst feine Linien, die in hässlichen, gezackten Krümmungen den Raum spalten. Aus ihnen quillt Rauch, stinkender, grüner Rauch, und dann stürzt alles über ihn ein. Er fällt. Er fällt aus unendlicher Höhe. Wände erscheinen wie aus dem Nichts. Vollgesprayt. Ein blöder Spruch sticht ihm ins Auge: «Schwule Sau!» und darunter: «Fick dich, scheiß Ziegenficker!»

Scharfer Uringestank, das Hämmern gegen eine Tür und eine zornige, ordinäre Männerstimme:

«He, wie lange brauchst du da drin noch? Es müssen auch noch andere zum Scheißen!»

Er steht da mit heruntergelassener Hose und einem erschlaffenden Glied in der Hand.

Aus. Der Trip ist vorbei.

Schweiß klebt auf seiner Stirn. Ein lästiger Hustenreiz überkommt ihn und ohne es zu wollen, würgt er dabei ein paar Brocken raus und kotzt sie in die unappetitliche Kloschüssel vor ihm.

«Mann, du kotzt doch jetzt nicht das Scheißhaus voll!» hört er von hinten den nervtötenden Wichser, der ihm alles versaut hat.

Er hatte einen Ständer, einen Megaständer. Er hätte mit seinem Ejakulat die Kloschüssel in zwei Hälften gesprengt.

Jetzt dröhnt ihm der Kopf, er fühlt sich schwach auf den Beinen und das Zittern kehrt zurück.

Mühsam zieht er die Hose hoch und versteckt die kümmerlichen Überreste eines Traums. Als er die Tür zum Klo aufmacht, starrt ihn ein übergewichtiger, volltätowierter Kerl um die dreißig an.

«Wurde verdammt nochmal auch Zeit, sonst hätt' ich mir in die Hosen gekackt!» schnaubt er giftig, bevor er in der kleinen, versifften Scheißhauskabine verschwindet und sein Geschäft verrichtet.

Er starrt in den kleinen Spiegel, der mit allerlei Aufklebern irgendwelcher unbedeutender Bands vollgeklebt ist und kaum noch eine Reflexion widergibt, aus der er erkennen kann, wie schlecht es ihm eigentlich geht.

Er fährt sich durch den dünnen Flaum, der die ersten, zaghaften Bemühungen eines Bartes markiert. Vierzehn. Ein scheiß Alter!

Etwas kaltes Wasser ins Gesicht. Das Zittern bleibt. Es wird schon wieder weggehen und dann wiederkommen. Er kennt die Prozedur.

Er öffnet die Tür, die hinaus zum Club führt. Irgendeine Kneipe, wie es sie zu Hunderten gibt. Verraucht, dreckig, irgendwie gebraucht und wie nicht weggeschmissen, so wie das Publikum, das hier herumlungert und nur versucht, den gottverdammten Tag rumzukriegen.

«He, hast du etwa mein Klo benutzt, ohne was zu trinken?» macht ihn jetzt der Typ hinter der Bar an. «Ich hab' dir schon zig mal gesagt, dass du hier nur kacken darfst, wenn du auch irgendwas trinkst. Das hier ist kein öffentliches Klo, du kleiner Wichser!»

Er läuft schnell zur Tür und antwortet der Höflichkeit halber mit einem kurzen Stinkefinger.

«Arschloch, verpiss dich! Und wehe ich seh' dich noch einmal hier!»

Draußen empfängt ihn sein grauer Alltag. Hässliche Plattenbauten, zugesprayte Wände, ein Viertel wie eine Sackgasse. Eine Straße, die wie Dutzende andere hier aussehen. Es ist kalt. Ein kalter Morgen nach einer viel zu kurzen Nacht. Nacht, das bedeutet für ihn ständige Angst. Die Sorge einen guten Platz zu finden, wo ihn keiner stört, nicht überfallen zu werden, nicht zu erfrieren. Manchmal gibt es auch Freunde. Aber nur selten. Auf der Straße ist sich jeder selbst der nächste und wenn er was hat, muss er höllisch drauf aufpassen, sonst wacht er am nächsten Morgen nur mit leeren Taschen auf. Er hat ein Schließfach am Bahnhof, wo er die wichtigsten Dinge aufbewahrt. Vor allem seinen Schlafsack. Aber etwas von Wert besitzt er nicht. Nicht mehr.

Der Trip ist vorbei und die Welt sieht wieder genauso hässlich und beschissen aus wie zuvor.

Er muss noch einmal an den blonden Engel denken. An ihre unschuldigen Augen, ihr glänzendes Haar, ihre zärtlichen Lippen. Warum wollte sie seinen Schwanz in den Mund nehmen? Warum ausgerechnet in den Mund? Sie weiß doch, dass er das hasst.

Aber wie immer bleibt nichts davon übrig. Der Engel, ihre Hand, der große, weite Himmel mit den schimmernden, purpurnen Farben. Jeder Ritt ist nur ein kurzes Davontreiben, das Jagen nach einem funkelnden Licht, einem wärmenden Feuer in dieser bitteren, eiskalten Finsternis. Doch das Erwachen danach macht einen nur noch kleiner als zuvor. So als würde jemand für kurze Zeit einen Vorhang öffnen. Los, schau hindurch. Ich zeige dir die Welt, wie sie sein könnte, ich zeige dir einen Traum, deinen Traum. Nur schauen, nicht anfassen. Vielleicht lasse ich dich auch mal fliegen. Oh ja, wir fliegen alle hier, nur um abzustürzen. Dorthin, wo du hingehörst, Abschaum. In die Gosse, in den Dreck. Da, wo alle landen, die niemand liebt, die niemanden haben. Die Vergessenen, die Ausgestoßenen oder die, die sich selbst ins Aus gestoßen haben.

Diese Welt kennt keine Liebe. Sie ist unerbittlich, brutal, eiskalt und verzeiht nichts. Er hat schon viel gesehen. Mehr als manch anderer in einem ganzen Leben. Einmal haben sie einen Freund von ihm abgestochen. Einfach so. Aus Spaß. Er hatte abhauen können, war gerannt wie ein Hase und während er sich mit klopfendem Herzen versteckte, musste er von weitem zusehen, wie sie ihn traten, zusammenschlugen. Sein Freund hatte geschrien. Um sein Leben gebettelt. Doch das hat die nicht interessiert. Nur gelacht haben sie. «Scheiß Junkie!», haben sie ihn genannt. «Mistkröte! Verlauste Kanalratte! Nutzloses Stück Dreck!» Es waren mit Sicherheit noch etliche andere hirnlose Beleidigungen, die er und sein Freund nicht zum ersten Mal gehört hatten, die sie über ihn ausschütteten, bis sie ihm als krönenden Abschluss ein Messer in den Bauch rammten.

Er macht sich nichts vor. Das passiert eben manchmal. Diese Welt kennt keine Liebe.

Doch er braucht Liebe. Etwas, an das er sich festhalten kann. Wenigstens einen Traum. Der blonde Engel, ihr Blick und ihre Hand. Ihre köstliche, kleine, Wonne spendende Hand. Mann, er hatte einen Ständer, einen Megaständer! Er war fast so weit!

Er versucht sich zu erinnern. Jedes Mal versucht er es. Und wenn er fliegt, wenn der Himmel aufreißt und ihn die Sterne empfangen, kann er es, dann glaubt er sich zu erinnern an...

Doch jetzt ist alles dumpf und leer. Eine scheiß Kälte. Ein scheiß Leben.

Er braucht einen Schuss. Noch einen Trip. Er möchte sie wiedersehen. Diesen blonden Engel. Nimm mich in die Arme und berühre mich. Dort am Hals. Ja, das hat gutgetan. Und dann kann ich mich vielleicht erinnern. Erinnern an ... sie.

Das Zittern hört allmählich auf. Aber es wird wiederkommen. Das weiß er. Und er braucht irgendwas zum Essen. Und wenn es nur ein Döner für zwei Euro ist.

Aber er hat kein Geld. Nicht einen Cent. Alles ist draufgegangen für seinen letzten Flug.

Hatte sie ihn geliebt? Hatte sie ihn jemals geliebt?

Wenn er sich nur erinnern könnte!

Wie viele Nächte streunert er jetzt schon durch die Straßen? Die Zeit ist relativ, wenn man ohne Erinnerung lebt. Wie oft hat er versucht, einen Blick zurückzuwerfen und sich einzureden, dass sie noch immer dort ist. Dass sie wartet. Dass alles wieder gut wird.

Doch diese Welt ist so kalt. Sie kennt keine Liebe.

Er wartet bis zum Abend. Er braucht Geld. Er braucht etwas zum Essen, neuen Stoff, ein klein wenig Crystal. Er braucht so viel.

Irgendwann hat er Glück. Ein Auto hält.

«Wieviel?» hört er.

«Zwanzig», sagt er.

«Ich geb' dir zehn.»

«Ich mach's nicht unter zwanzig.»

Eine Hand fährt aus dem heruntergelassenen Fenster. Sie ist alt. Sie sind meistens alt.

«Du hast aber schon einen Flaum. Ich weiß nicht, ob ich dich gebrauchen kann.»

Vierzehn. Ein scheiß Alter! Sein Marktwert beginnt bereits zu sinken.

«Dafür blas ich dir deinen Schwanz. Du kannst ihn mir gerne hinten reinstecken. In den Arsch. Fick mir ruhig das Gehirn raus.»

«Du bist mir ja einer.»

«Du darfst mir auch ins Gesicht spritzen. Ich steh drauf, wenn du mir ins Gesicht spritzt.»

Eine Tür geht auf.

Diese Welt kennt keine Liebe. Sie ist unerbittlich, brutal, eiskalt und verzeiht nichts. Doch wenn er sich erinnern könnte. Nur einmal an sie erinnern könnte. Ein Blick zurück.

Würde sie warten? Wäre sie noch immer dort?

Der blonde Engel. Der Traum vom ... Glück.

KNEBEL 21.1.–19.2.

Die unkonventionellen Knebel sind übrigens so amüsant und vielseitig, dass Beziehungen mit ihnen nicht so schnell ins Alltägliche abgleiten. Ein Knebel weiß, dass er keine Rüschen und Fransen braucht, um Eindruck zu schinden. Er ist die emotionale Tankstelle für seine Umgebung. Erst ein romantischer Knebel macht einen Freundeskreis wirklich komplett.

Die dunkle Seite des Knebels tritt nur in seltenen Momenten zutage. Er ist unrealistisch, rachsüchtig und triebhaft – aber das ist ja nicht immer nur negativ.

ZWANGSJACKE 20.2.–20.3.

Die gutgläubige Zwangsjacke lässt sich gern mal zu gewagten Aktionen überreden und gerät leicht in gefährliche Abhängigkeiten, die sie auf Jahre fesseln und einschränken. Manche Zwangsjacken mögen das und es entfacht in ihnen große Seelennähe und Leidenschaft.

Ungebundene Zwangsjacken haben häufig ungewollte Glückssträhnen in Liebe, Beruf und Finanzen und sehen allein aufgrund dieser Tatsache vom Single-Dasein ab. Liebloses Verhalten treibt die Zwangsjacke zu noch mehr Demut an.

WOSCHOFIUS
HORST

Ich will euch heute den Horst vorstellen.

Horst ist so etwas wie mein Freund.

Also so irgendwie.

Er ist eine Mischung aus Sozialstudie, Freund und Fremdscham.

So richtig kann ich das aber nicht definieren, aber gut.

Horst ist Mitte vierzig, etwas dicklich und untersetzt.

Seine T-Shirts sind immer etwas zu eng gekauft, weil Horst gerne seine Muskeln zeigt, die er vor zwanzig Jahren einmal hatte. Heute quillt unten lediglich ein deutlicher Bierbauch hervor, der den Blick vom Bauarbeiterdekollete ablenkt.

Horst ist ein sparsamer Schwabe und hat daher auch nur vier T-Shirts.

Folgende Motive stehen zur Auswahl:

«Komm zu Papi»

«VfB Deutscher Meister 1992»

«Unter diesem Bauch ist ein Sixpack versteckt»

«Sex mit mir sind Deine besten 3 Minuten»

Horst braucht für Freizeit und Arbeit nur eine Hose und solange sie nicht zerfällt, begleitet sie Horst in seinem Leben wie ein treuer, dreckiger Hund. Welche

Flecken von welchen Erlebnissen kommen, kann man nicht mehr so deutlich erkennen, genauso wenig wie die Originalfarbe.

Ist es Ei, Ketchup, Spermareste, Wulle Bier, Motoröl oder Pizzakäse?

Ich will es gar nicht wissen.

Das Problem mit der Hose ist immer dann am Größten, wenn er sie doch irgendwann einmal wäscht.

Eigentlich wäscht seine Freundin Chantal ja die Wäsche.

Bis die Hose wieder trocken und gebügelt ist, sitzt Horst dann in Unterhose auf dem alten, abgewetzten Sofa. Ich befürchte, Horst besitzt auch nur eine oder zwei Unterhosen in Tarnfarbe graugelb.

Ich habe mir angewöhnt, ihn am Wochenbeginn zu besuchen, da dann die Hose gerade frisch gewaschen ist und ich so verhindere, dass meine Augen einen Linsen-Tinnitus bekommen.

Horst in Unterhose auf dem Sofa.

Ich habe es einmal gesehen ...

Erfolgreich hat er seine Vokuhila*-Frisur aus den 80ern ins neue Jahrtausend herübergerettet.

Sein Dreitagebart geht ohne Grenze in seine Brustbehaarung über.

Mein Freund Horst liest viel, also eigentlich guckt er mehr.

Playboy.

Cars & Tits.

---

* Vokuhila = Vorne kurz, hinten lang, war ein gängiger Frisurentrend in den 80ern

Da sind ja auch tolle Geschichten und Interviews drin.

Horst war schockiert als der Playboy kundtat, keine Nacktbilder mehr zu veröffentlichen. Es war das erste Mal, dass ich ihn weinen sah.

Horst ist trotzdem der Meinung, dass er als gebildet durchgehen kann, auch wenn Schopenhauer für ihn eine Biersorte ist.

Wegen dem Schoppen.

Drei Jahre Fahrschule und 4 Jahre Baumschule sind doch auch eine gute Grundlage für Bildung.

Horst ist absoluter Fußballfan.

Ein wandelndes Fußballlexikon.

Du willst wissen, wer auf der Ersatzbank von Wattenscheid 09 in der Saison 1990/91 am ersten Spieltag saß?

Horst weiß das.

Samt dem Gegner, dem Endergebnis (2:0 gewonnen gegen Werder Bremen), der Namen des Schiedsrichtergespanns, den Namen der Spielerfrauen und wie das Wetter war.

Auf Wunsch zeigt er dir auch wie die Brüste der Spielerfrauen aussehen.

Ich habe mir das einmal zeigen lassen.

Das war ein Fehler.

Horst zieht dann sein T-Shirt aus und presst seine Speckbrüste in die Form einer Spielerfrauenbrust und macht dazu einen Kussmund.

Zum Glück liegen Fußball und Alkoholkonsum nahe beieinander.

Für Horst hat Sex immer auch was mit Fußball zu tun. Man weiß nie wie es ausgeht und wer zuerst ein Tor schießt ist schon fast der Sieger. Deswegen sitzt er auch meistens in seinem VfB-T-Shirt auf dem Sofa während seine Freundin Chantal ihm einen bläst.

Aber nur in der Halbzeit, das Spiel geht natürlich vor.

Als Frauenfußball die Welt eroberte, hat sich Horst gefreut.

Die Verbindung von rollenden und hüpfenden Bällen faszinierte ihn.

Nach dem ersten Spiel, das er sich angeschaut hatte war er aber dann doch herb enttäuscht.

Die Passgenauigkeit ließ zu wünschen übrig.

Die Einwürfe waren zu kurz.

Dribblings fanden eher selten statt und natürlich hatten die Weiber von Viererkette auch keine Ahnung.

Wahrscheinlich lag es aber eher daran, dass Fußballerinnen nun nicht gerade mit großen Oberweiten glänzen und Schlabberkleidung auch nicht sonderlich erotisch ist.

Er hatte wohl eher High Heels, Halterlose und Push-Up's erwartet.

Horsts Realitätssinn war wohl etwas getrübt.

Chantal meint immer, für Horst ist der Sex dann gut, wenn er als erster durchs Ziel rennt.

Horst meint immer, für Chantal ist der Sex dann gut, wenn es Rammelhasen-mäßig schnell geht.

Wie ein Zwölfzylinder im Vollgas.

Alle Frauen mögen das so.

Horst ist also auch ein Frauenversteher.

Chantal sieht das anders.

Aber Chantal lässt Horst trotzdem immer gewinnen.

Wenn ich mir Horst so anschaue, kann ich Chantal verstehen.

Vielleicht sollte er auch nicht allen Sprüchen aus «Cars & Tits» Glauben schenken.

Horst mag Schauspielerinnen, weil er glaubt die können Orgasmen viel besser vortäuschen als Chantal.

Und weil alle Schauspielerinnen in irgendwelchen Interviews erzählen, dass sie auch bi-sexuell sind und auf Rollenspiele stehen.

Einen Zusammenhang mit aktuellen Filmprojekten dieser Schauspielerinnen sieht er dabei nicht. Es ist natürlich Zufall, dass die Beichten immer dann kommen, wenn in den nächsten Tagen eine Filmpremiere ansteht, bei der es um Rollenspiele, SM oder Bi-Sexualität geht.

Aber Hort ist an sich ein feiner Kerl.

Was er beruflich macht ist nicht so ganz klar.

Irgendwas mit Bauhelfer-Onlinehändler-Schwarzarbeiter-Erbe.

Er scheint nicht reich zu sein, aber hat wohl genug, dass es mehr als zum Überleben reicht.

Manchmal rede ich mit Horst über Sex.

So Männer-mäßig bei einem Bierchen in der Hand, wenn das Grillfett in die glühende Kohle tropft und die Flammen nach oben schlagen.

Meistens versuche ich das zu verhindern, weil das Bilder in meinem Kopf erzeugt, die ich nicht haben will.

Ein Problem bei Horst ist sein Dialekt. Er ist stolzer Schwabe und daher ist es manchmal schwierig im zu folgen. Ich habe ganz bewusst das Schwäbische abgemildert konnte mich allerdings nicht entscheiden alles ins Hochdeutsche zu übersetzen. Das würde Horst dann doch seinen Charakter nehmen – und der ist wirklich außergewöhnlich.

Doch zurück zum Sex.

Die Diskussion beginnt immer gleich.

«Jo, wenn's de Sex ned gäb, hätta mir Männr gar koi Freud mae.»

Ich nickte ergeben.

«Bisch scho amol en dr Arsch g'fickt worn?», fragte er mich zwischen zwei Rülpsern.

Horst hatte eine herrlich defensive und feinfühlige Art an sich, sehr private Themen anzusprechen

Ich war so überrascht, dass ich spontan mit Ja anwortete.

«Gell, isch geil?»

Ich nickte.

«Chantal jammert abr emmer so.»

«Du musst halt vorsichtig sein, etwas vordehnen und Gleitgel verwenden.», erwiderte ich.

«Warum? Wenn dr Herrgott a Gloitmiddel im Arsch gwellt hätt, hätt er des doch glei mit neikonschdruiert*, oddr et?»

Mein Einwand, dass Analverkehr mit dem christlichen Glauben und Gottes Willen nun nicht unbedingt konform gehen, ließ er nicht gelten.

«Dia Pfaffa** hen da doch au gnuag Erfahrung damit, also hör uff.»

Ich gab mich geschlagen.

Kurze Pause.

«Jo, wenn's de Sex ned gäb, hätta mir Männr gar koi

---

* reinkonstruiert

** Pfarrer

Freud mae. D' Chantal mog des ja voll, wenn I so an ihrm Kitzl'r romzuazl*.»

Ein saugender Kussmund mit Schlürfgeräuschen visualisierte das Ganze.

«Da goht die ab wia a Karnickl uff Speed.»

Ich dachte kurz an rosa Elefanten, um die Bilder aus meinem Gehirn zu verbannen.

Erfolglos.

Chantal müsst ihr euch in etwas so vorstellen, wie eine Chantal nun mal aussieht.

Chantal ist ja eigentlich auch kein Name, sondern ein Zustand.

Blonde 80er-Jahre Dauerwellen-Fönfrisur.

Riesige Brüste, welche die Knöpfe ihrer ebenfalls viel zu engen Bluse bis an die Grenze der Materialbelastbarkeit spannen.

Ein Arschgeweih ziert den Bereich über dem Po und der Slip blitzt auch immer etwas hervor.

Ihre Röcke und Hosen hängen dabei immer etwas auf Halbmast und der unnötige Gürtel sieht aus wie mit bunten Smarties beklebt.

Obligatorisch sind ihre weißen High Heels. Sie trägt sie seit Cindy Lauper ähnliche in ihrem Video zu «Girls just want to have fun» an hatte.

Das war 1985 und Chantal hält an diesem Modetrend so eisern fest wie Horst an seinem Vokuhila.

Sie hat immer bunte Brillen Typ «Puck, die Stubenfliege» auf und ist der Überzeugung, dass sie große Ähnlichkeit mit Paris Hilton hätte.

---

* rumlecken

Hat sie aber nicht.

Da hilft auch der kleine Hund nicht, den sie permanent spazieren trägt.

Horst und Chantal sind seit ihrer Jugend zusammen.

Ich habe Horst mal gefragt, ob er noch nie mit anderen Frauen Sex hatte.

«Ach oimal mit der Mandy als i no a Bua war. Aber woisch, uff andre Fahrräder musch au bloß trebbla.»

«Und deine Chantal?»

«D'Chantal brauch koin andre Moh, dia hat ja mi.»

Manchmal ist Horst sehr weise.

Wir plauderten dann noch über dies und das und nach dem vierten Wulle-Bier und einem abgekauten Ohr ging ich nach Hause.

Ich würde nie bei Horst übernachten.

Nicht weil ich Angst hätte, dass Horst zu mir unter die Decke schlüpft sondern eher wegen der undefinierbaren Flecken die die ganze Wohnung zierten.

Zudem glaube ich, dass Schimmel keine passende Farbe für ein Bad ist.

«Jo, wenn's de Sex ned gäb, hätta mir Männr gar koi Froid mae.»

Horst und ich standen in seiner Garage vor seiner uralten Kreidler Florett und hielten eine Pulle Wulle-Bier in der Hand.

«Neba dr Chandal isch des Baby des liebschde was i han. Oin Ritt mid dem Baby isch wie Sex.», Horst tätschelte den abgewetzten Kunstledersitz.

«Die hadd oi 3 Gang Handschaldung, 49 Kubikzendimedr Hubraum ond oiskommafünf PS ond no die

Originallaggierung. Und oi Lufdkühlung hedd sie au, ganz wie die Chandal wenn se oin Rock drägd. Die schaffd locker 40 Schtundenkilomeder wega dem andera Ritzel. Des schaffd die Chandal abr nemme.»

Er überlegte kurz etwas und sprach dann weiter.

«Die hedd a Fahrgräusch vo 67dB, da isch die Chandal abr lauter.»

Horst schien völlig entrückt.

«Des Baby han i im gleicha Joahr kaufd wie d' Chandal. Also die Chandal han i ja ned kaufd, sondern ufm Florydreff* kenna glernd. Di Chandal war voll der Feger mid ihra langa Haxa** ond denna Didda***.Da han die Buba**** abr gschaud. i bin na zu ihr rübr ond han gsagd, dess sie die goilschde***** Braud****** ufm Florydreff isch. Des hedd der Chandal voll gfalla. Mir han na gloi oi Rund drehd, wenn du verschtehschd******* was i main********.»

Er bildete mit dem Daumen und dem Zeigefinger seiner linken Hand einen Kreis und stieß mit dem Zeigefinger der rechten mehrfach hinein.

«Die andera han gmeind in meim Zelt laufa fenf******** Flory im Vollgas, so laud isch die Chandal gwesa. Als mir aus dem Zeld raus senn, han die andera abblaudierd.

* Kreidler Florett Treffen

** Beine

*** Brüste

**** Die anderen Jungs

***** geilste

****** Braut

******* verstehst

******** meine

******** fünf

Danach sind mir mid der Flory no zur Eisdiehle gfahra. Da siasch no den Fleck ufm Sitz. Die Chandal hedd ka Hösle gdraga* ond der Sabbr** hadd des Ledr aggriffa***.»

Er zeigte auf einen größeren Fleck auf dem hinteren Teil des Sitzes.

«Des isch nemma**** rausganga.»

Der Gedanke an einen 25 Jahre alten Fleck aus der Mischung von Chantals Mösensaft und Horst's Sperma lies mich erschaudern.

«Die Chandal drägd ja nie an Slip. Se sagd emmer, na schpürt sie mehr vo den Vibraziona. Des machd sie voll goil. Man weiß nie isch's Schweiß odr Sabbr.», Horst lachte herzhaft und sein Bierbauch vollführte einen kleinen Wabbeltanz.

«Mir fahra abr nemma, weil die Flory hedd nur oi zulässiges Gesamdgewichd vo 170 Kilogramm. Des bring i ja scho faschd alloi***** uf die Waag. Abr wenn mir Sex han, hörd sich des äwwl no so an wie fenf Florys im Vollgas.»

Horst drehte an einem imaginären Gashahn und gab laute Brummgeräusche von sich.

Ich nahm einen langen Schluck aus der Pulle Wulle.

«Und na han sie Kreidlr mid der bleeda****** Helm- ond Führerscheinbflichd hee******* gmachd. Jo, wenn's de Sex ned gäb, hätta mir Männer gar koi Froid mae.»

---

* getragen
** Sabber = Schleim
*** Leder angegriffen
**** nicht mehr
***** Schon fast alleine
****** blöden
******* kaputt

Horst begann den Kunstledersitz mit einer Lederpolitur zu reinigen. Dabei achtete er sorgsam darauf den Sabberfleck nicht zu berühren. Für Horst war dieser Fleck irgendwie der heilige Gral seiner Vergangenheit.

Manchmal ist Horst wohl doch ein Romantiker.

Irgendwie hatte ich Pippi in den Augen.

Ich nahm noch einen langen Schluck aus der Pulle Wulle.

«Jo, wenn's de Sex ned gäb, hätta mir Männer gar kei Froid mae.»

Horst und ich saßen in der kleinen Küche und ich bewunderte die Pizzaschachtel die dort schon seit Wochen rumlag, samt den übrig gebliebenen Pizzaresten. Das bei Horst überhaupt etwas übrig blieb, war an sich ja schon ein Wunder. Die Spüle war gefüllt mit dreckigem Geschirr und ein leicht säuerlicher Duft lag in der Luft.

Es war Samstagmittag und ich konnte Horst die obligatorische Pulle Wulle-Bier nicht abschlagen. Aber nach der gestrigen Party war so ein Konterbier vielleicht auch nicht das schlechteste.

«Woisch*, mai Chandal hedd des Buch «Fifdy shäds of grey» glesa** ond noh hedd sie gsagd, dess sie des au mol ausbrobiera will. In däm Buch gohd's um oin Millionär der ned ganz bacha*** im Kopf isch ond denna Weiba gern mid der Peidsche**** zeigd wo's langgohd*****. Die Chandal

* weisst du

** gelesen

*** nicht ganz normal

**** Peitsche

***** lang geht

hedd gmeind, des will sie au amol*. I hon noh gsagd, dess i au gern Millionär wär. Dann würd i den Phillip Lahm wiedr für dr VfB zurüggkaufa. Die Chandal isch noh wütend gworda ond i war froh, dess mir no koi Peidsche kedd han.»

Er nahm einen sehr tiefen Schluck aus der Pulle Wulle.

Ich auch.

«Mir sind noh in a Reidschbordgeschäfd** ganga ond han oi Peidsche kaufd. Die Verkäuferin hedd gfragd***, wie groß des Pferd noh sei ond i han gsagd die Chandal isch einsfünfondsechzich, des würd man do seha. Sie hedd gsagd, sie würd des Pferd moine**** ond i han gsagd, i au. Die Chandal hedd mi ganz böse agschaud ond ebbes vo Pferdearsch gsagd. Dabei hedd die Chandal wirklich einen Brachdsarsch*****. Deswega mog i's au so sie vo hinda zu nehma. Da kannschd di guad feschdhalda******.»

Ich atmete tief durch und musste feststellen, dass meine Pulle Wulle nun schon halb leer war.

«Geschdern han mir des noh ausbrobierd*******. I hon ihr die Glotzbebbelbind******** umgelegd. Des war eigendlich mai alde Onderhos******** vo der Bundeswehr. Dann han i

---

* einmal

** Reitsportfachgeschäft

*** gefragt

**** meinen

***** Prachtsarsch

****** festhalten

******* ausprobiert

******** Augenbinde

******** Unterhose

sie uf da Ranza* ufs Bedd glegd** ond ihre Händ mid oinr Pakedschnur*** oba dro gfesseld****.

I hon noh ned so rechd gwisst***** was i nun macha soll ond hon noh dachd****** i schdegg ******* ihr erschd einmol oina fingr******** in dr Arsch. Des hedd ihr abr ned so guad gfalla ond sie hedd gmeind i soll des mid mehr Romandik macha ond amol die Peidsche auschbrobiera********.

Als jungr Bursche han i ja emmer Zorro gschaud. Also han i die Peidsche gnomma ond ihr mid drei schläg oi großes Z uf dr Arsch gschlaga. I han abr ned so recht gdroffa******** ond des war mehr so oi krummer******** Siebenr. Da isch sie abr abganga wie Nachbars Katz. Die Pakedschnur isch grissa ond sie hedd elendich gschriea********. I han erschd dachd sie isch goil, abr eigendlich wollse sie mir an den Kraga********. I han sie noh im Schlafzimma oigschperrd******** bis sie sich wiedr bruhigd******** hadd. I kann do au nix dafür wenn des Buch in der Realidäd ned so guad isch.»

---

* Bauch
** Auf das Bett gelegt
*** Paketschnur
**** Oben rangefesselt
***** Nicht so recht gewusst
****** gedacht
******* stecke
******** Finger
******** ausprobieren
******** getroffen
******** krummer
******** Elendig geschriehen
******** Kragen
******** eingesperrt
******** beruhigt

Erneut ein tiefer Schluck aus der Pulle.

«I verschdeh die Weibr älls ned*. Da machd ma, was sie wollat ond noh isch's au ned rechd.»

Noch ein tiefer Schluck.

«Jo, wenn's de Sex ned gäb, hätta mir Männer gar koi Froid mae.»

Ein paar Tage später.

Host hat mich mal wieder zu sich eingeladen um gemeinsam die Samstagsspiele der Bundesliga anzuschauen. Horst hat nicht viel, aber er hat Pay TV mit Fußball. Das macht ihn für mich zu einem wertvollen Mitglied der Gesellschaft. Ich ziehe mir meistens alte Klamotten im Schlabberlook an. Zum einen wegen der hygienischen Umstände auf seinem Sofa und zum anderen, wegen Horst selbst. Horst ist Blickbelästiger.

Das bedeutet, dass Horst dich anschaut wie ein Taliban, der gerade eine weibliche US-Geisel gefangen hat. Horst öffnete mir die Tür, drückte mir sofort ein Wulle in die Hand und wir nahmen Platz auf seinem Sofa. Hatte ich erwähnt, dass das Sofa hygienisch bedenklich ist?

Das Sofa ist ziemlich alt und wohl ein Erbstück seiner Urgroßmutter, die einen Puff betrieben haben muss. Ursprünglich war es wohl ein rotes Biedermeier Sofa gewesen, allerdings ist es heute eher schwierig, die Farbe zu erkennen. Da hilft auch nicht die alte Tagesdecke, die Chantal darüber drapiert hat. Die Flecken auf der Tagesdecke haben die gleiche Konsistenz wie die auf dem Sofa. Es scheint so etwas wie eingetrocknete Chickenwingssoße, gemischt mit Spermaresten und

---

* Ich verstehe die Frauen manchmal nicht

Bierspritzern zu sein. Andere Flecken sind nicht mehr eindeutig zu identifizieren und ich glaube, das ist auch besser so.

Nun denn, ich suchte mir die beste Stelle aus und nahm Platz.

Er jetzt bemerkte ich, dass Horst ein Veilchen hatte und natürlich sprach ich ihn darauf an.

«Ach woisch Serena, des isch abr au echt bled glaufa. Meine Kumpels und ich henn Bierathlon gmacht. Bierathlon isch, wenn de aufrecht in oine Bar gesch, Bier säufsch bisch deine Muddersprache vergessa hasch und noh wieda hoimkrabbelsch. Jo, des hemma gmacht und dr Abend hat au recht guat agfanga. Nach a paar Wulle und a paar Schnäpsle semmer weitergzoga und henn noh a Bar bsucht. Die war echt guat voll und a Haufa süße Mädle senn an dr Bar ghockt. Die henn uns au glei interessiert agschaut und meine Kumpels und i henn denkt, des wird oin toller Abend. Mr senn noh an dr Tresa und i hann a ganz süßes Mädl agschwätzt. I hang sagt, Mädle I ben dr Horscht und am beschta merksch dir den Name guat, weil Du wirsch ihn die ganze Nacht noh schreia. Des Mädle hat mi noh ganz seltsam agschaut und noh hat mr ebber von hinta auf mei Schulter klopft. I han me omdreht und da stand oi Baumfällerin vor mir. Die war groß und hat riesige Titta khet. Oi Latzhose und oi Baumfällerhemd hat se aghabt und die hat gmoint, wenn i nedd glei die Finger von ihra Freundin lassa dät, dann haut se mir oine rein. Meine Kumpels henn ganz laut glacht und i au. I han se noh gfragt ob se a Lesbe sei und sie hadd ja gsagt und mi noh gfragt, ob des a Problem isch. I han gsagt noi, des isch koi Problem ond na isch mr ufgfalla, dass in dem Lada nur Mädle wared. Mir Bachel senn also in oiner Lesbabar ghockt. I han na gsagt, dass i ihr des Mädle ja nedd wegnemma möchte, sondern das mr oin Ritt mit der Kloina scho reicha dät. Vielleicht wird sie ja au wieder normal, wenn se oimal mit nem rechta Mah gvögelt hätt. Da isch die Holzfällerin abr sauer gworda und hadd gmoint, wenn i jetzt nedd glei den Lada verlass, noh tät se mir oine neischlaga. I han na gsagt, dass i des nedd glauba dät, abr des war oin Fehler. Die bleede Lesbe hat mr oifach ihr Faust ins Gsicht knallt und mei Nas fing a zu bluda und als i abglenkt war hadd se mr au no zwischa meine Fiaß gtreta und i ben zu Boda ganga. Meine Kumpels wolltet mr na helfa, abr die Holzfällerin hadd glei Unterstützung kriagt. Mir warn halt au scho recht bsoffa und die warn in dr Überzahl. Dem Kurt henn zoi Weiber ihre Handtascha über dr Schädel gzoga und der hadd sich glei verabschiedet und isch naus. Des hättet mr au lieber gmacht, aber zwoi von denna Holzfällerinna senn uff mr gsessa und henn mirs gebba. Dr Georg hat laut gschria, dass er Lesba scho emmer toll gfunda hadd, abr des hadd ihm au nix gnützt, als die Furie ihn mit ihre Springerstiefel gtreta henn. Des hadd nedd lang gdauert und mir senn auf'd Straß nausgfloga. Dr Georg hat aus oiner Wunde auf dr Stirn bludet und oin Zahn hat au gfehlt. Jo, da war der teure Rausch au glei verfloga und Sex hemma au koin khet.»

«Ach Horst, in was du auch immer reingerätst...»

«Jo, des koasch mr glauba...»

Horst saß bei mir in der Küche und schien nachdenklich.

Natürlich musste ich nachfragen, was ihn bedrückte, hatte ich doch die Hoffnung, wieder einmal eines seiner unwiderstehlichen Erlebnisse geschildert zu bekommen.

Und Horst enttäuschte mich nicht.

«Ach woisch, i glaub i werd langsam alt.»

«Wie kommst du denn darauf?»

«Am Wochaend war i mit meine Kumpels in ner Disco um ebbes abzutanze und au was zu trinka.»

«Du warst in einer Disko?»

«Ja, es war Ü40 Abend. Mir senn noh an der Bar ghockt und henn über unser Leba sinniert und vielleicht au des oine oder adere Wulle getrunka. Noh semma druff komma, dass die 80-er die beschte Zeit in onsrem Leba war und des isch jetzt ja auch scho a Weile her. Damals gab no echt rechte Musik und die Klamotta waren au ziemlich cool. Da henn die Mädle gar nedd auf die viele Pickel gschaut, wenn ma a goiles Outfit an khet hät.»

Ich versuchte mir gerade Horst in Karottenjeans und mit Schulterplostern und teilgefärbter Dauerwelle vorzustellen, konnte aber keine Bilder generieren, die Sinn machten. Lediglich ein Sixpack im Speckmantel erschien vor meinem inneren Auge.

«Jo, und nach dem vierten Wulle isch da plötzlich a ganz jungs Mädle vor mir auf dem Tresa gstanda und hadd getanzt. I hann no gdacht, was macht denn des Mädle uff der Ü40 Party? Des war so oi thailändische GoGo Tänzerin und die war echt heiß und die hat die ganze Zeit vor mir danzt und i konnt ihr ebbes unter dr kurze Rock glotza. Die hadd abr a Hösle draga und so konnt i nix erkenna. Noh hat se aber plötzlich mei Wulle umgstoßa und noh semmer ins Gespräch komma und henn was trunka. I hab des zwar bezahla müssa und des war scho recht teuer, aber die war echt a ganz Liebe.

«Horst, es ist dir schon klar, dass das eine Animierdame war, oder?»

«Jetzt ward halt ab wie die Gschicht weitergeht. Mir henn uns noh in oi Eck gsetzt und ebbes gschwätzt und sie hadd mr au a Küssle geba. Die hat voll lecker grocha und hat a ganz seidige Haut khet. No isch oi Bekannter von mir komma, der schafft da als Türsteher und hadd mr ins Ohr gflüstert, dass i besser die Finger von der Kloina lassa soll. I hann denkt, der isch ebbes eifersüchtig, weil di mi bevorzugt hadd und nedd ihn. Die Mai Ling hadd noh gmeint, dass mr ja uffs Zimmer ganga könntet und i fand des a gute Idee. Sie hadd noh gmeint, dass i ihr dann abr ebbes zahla müsst, weil sie ja noh Ausfälle hädd, da sie ja dann nedd tanza könnt. I kann dir oins sage, die Tänzerinna verdienat echt a guats Geld. Mr senn also uff ihr Zimmer nuff und des war a ganz kloines Räumle mit nem Bett drin. Sie hadd na gmoint, dass sie da emmer wohna tät, wenn sie in Deutschland isch, um Geld zu verdiena. Als ma uffgstanden senn, hadd mr mei Türsteherfreund nomal a Zeicha gebba, dass i des lassa soll. Aber nur weil der eifersüchtig isch, verzicht i doch nedd auf des süße Mädle. Sie hat sich denn au glei an mi nohkuschelt und mr henn a bissle rumknutscht. I hab mi noh ausgzoga und des Mädle au. Noh semmer nebenoinander uff dem Bett glega und i han ihre Brüschdle küsst. Die Thaimädle henn ja so ganz kloine Brüschdle mit so Mininippel und die hat so guat grocha. Noh han i dacht, dass i se mal a bissle lecka könnt, weil i wolld scho emmer wissa, wie die Thaifraua so schmecked. I ben also nundergrutscht und plötzlich hab i a Wurscht im Mund ghabt und i hab mi echt gwundert, was des Saitawürschtle da machd, vor allen Dingen, weil's au koine Linsa mit Spätzle geba hadd. Des war aber koi Wurscht sondern oin kloiner Pimmel. Und noh ischs mir glei komma, dass des koi Frau isch, sondern so oin Ladyboy der oba kloine Titta hat und unda oin Schwanz. I bin uffgsprunga und hab sie angschria, warum sie mr des nedd vorher hädd verzähla kenna und das i mei Geld zrück will. Des Mädle hadd noh um Hilfe gschria und noh isch Tür uffganga und zwoi Type senn neikomma und henn mr glei oine zentriert. Des hadd koine zehn Sekunda gdauert und i ben uff dr Straß glega. Sowas isch mr in de 80-er au nedd passiert.»

Horst stieß einen tiefen Seufzer aus.

«Ach jo, die 80-er wared halt doch die beschte Zeit in meim Leba.»

Horst war so lieb mich zum IKEA nach Ludwigsburg zu begleiten. Ich hatte ja leider kein Auto und brauchte auch beim Tragen etwas männliche Hilfe. Ist Euch eigentlich mal aufgefallen, dass die Möbel bei IKEA manchmal wirklich seltsame Namen tragen?

Das Kinderbett Gutvik zum Beispiel. Hat den Namen ein Pädophiler erfunden?

Und was hat die Hutablage Lustifik mit Sex zu tun?

Oder das Bett Malm. Ich bekomme da ganz seltsame Assoziationen von hartem Sex und Vergewaltigung.

Aber gut. Auf der Fahrt kamen wir an einem Autobahnrastplatz vorbei und Horst wurde ganz aufgeregt.

«Hier war es!», schrie er plötzlich los.

«Genau hier!»

Ich schreckte kurz zusammen.

«Was denn?», fragte ich neugierig.

«Ha, des mit dem Parkplatzsex.»

«Ihr hattet Parkplatzsex?»

«Ha, klar, also so ganz nedd, aber irgendwie scho.»

Jetzt wurde ich neugierig aber bevor ich fragen konnte plapperte Horst schon munter drauf los.

«Also, die Chandal had die Idee khet, amol Parkbladzsex auszubrobiera. Se had im Fernseha oin Brichd drübr gseha, ond fand des voll goil. Beim Parkbladzsex dreffa sich fremde Mensche uf Raschdblädza, um andere beim Sex zugugga zu lassa odr au midzumacha. Da gohd's voll wild zur Sache!

Mir han also in oi Erodik-Communidy oi Anzeig gschalda ond es han sich au ganz viele Männr gmelded. Mir han noh gschrieba, wo ond wann des Ganze schdaddfinda soll ond die Männr han sich älle gfreid. Als mir noh dord akomma sind, war der ganze Parkbladz voll mid Autos ond ieberall senn Männr rumgstanda. Die Chandal hedd sich voll gfreid. I hon noh mai Daschenlamb gnomma ond mir sind ausgeschdiega. Die Männr kamat au gloi uf uns zu ond i hon die erschd einmol mid der Daschelamb gnau agschaud. Die warat voll saur ond einr hedd mir die Daschelamb wegnehma wolla. Da gab's noh gloi oi baar uf die Zwölf. Die Chandal isch in einem Bulk vo Männern verschwunda ond i hon sie gar nemme gseha. Nur ihr Kleid isch aus däm Bulk rausgefloga ond uf moim Meggel glanded. Die Männr han die Chandal noh in a Gebüsch gführd ond sie mussde sich uf den Boda knia, so uf älle Viere. Dann ging's recht los ond i hon ebbes Angschd um die Chandal kriegt. In däm Gebüsch hedd's au ziemlich noch Pisse ond Kagge grocha ond ieberall lag Klobabir rum, des in der Dunkelheid gleichded had. I bin gar nemme an die Chandal drogekomma ond mussde ja au erschd mai Daschelamb sucha. Die war echd deier. Als sie noh anfing zu schreia hon i abr die Sau rausgelassa ond hon dena zeigd, wo der Bardl den Moschd hold. I hon die Buba zur Seide gschubschd ond es gab oi rechtes Gerangl. Einr hedd mir mid der Fauschd uf die Nase gehaua ond i hon ihn in die Eir gdreda. Dem sai Kumbl hedd ihm noh geholfa ond mi in den Schwidzkaschda gnomma. Die andera sind älle weggeschbrunga ond i hon die Chandal so uf alla Viera knia seha. Ihr Arsch hedd in der Dunkelheid wie a Mond gleichded ond einr der Männr hedd sie äwwl no vo hinda gvögeld. I hon koi Lufd mehr bekomma. Die Chandal hedd vo der Schlägerei erschd gar nix midgekriegd, isch noh abr gloi ufgschbrunga, um mir zu helfa. Se hedd noh ihr Bfefferschbray aus ihrer Handdasche ghold ond voll roighalda. Aber's war ja so dunkl ond deswega hon i die volle Ladung ins Gesichd bekomma. I war soford blind ond hon wild um mi gschlaga. Irgendeinen hon i voll droffa, des war abr die Chandal. Und noh isch die Bolizei dazwische. Des hon i abr ned gwusschd ond däm Wachdmeischdr au gloi oi uf d Nuss geba. Die han mi noh verhafded ond der Chandal erschd einmol oi Degge umgelegd ond ihr blaues Aug versorgd. Die andera Männr sind noh schdifda ganga. Einr hedd noh wohl au no Chandals Kleid ond ihre Handdasche klaud. Uf jeda Fall war beides weg ond mir mussdet mid zur Bolizei wega der Anzeig. Also i hon die Schnauze voll vom Parkbladzsex ...»

Ich saß mit Horst in der Sauna und wir schwitzten schweigend vor uns hin. Ich mag es nicht, wenn in der Sauna gesprochen wird. Das ist vielleicht auch der Grund, warum ich ungern mit Horst in die Sauna gehe. Erstens redet er eben sehr gerne und zweitens glotzt er mir dann immer auf meine primären und sekundären Geschlechtsmerkmale.

Und wie es nicht anders zu erwarten war, fing Horst plötzlich an, eine seiner unglaublichen Geschichten zu erzählen. Es störte ihn dabei auch nicht, dass noch andere Leute in der Sauna saßen.

Das Gespräch begann mit: «Hasch Du scho amal oin flotten Dreier ghabt?»

Ich hob eine Augenbraue, antwortete aber nicht.

«Chantal und i wared letzschte Woch mal widda im Swingerclub.»

Ich spürte sofort, wie es unter den anderen Gästen unruhig wurde.

Horst war das egal.

«Ich wollt ja scho emmer mal mit zwoi Fraua Sex henn, abr die Chantal hadd gmeint, es wär oifacher, oin zweita Ma zu finda. I hab des nedd verstanda, abr die Chantal hat mi so ageschaut, dass i liebr still war. Mir senn noh an der Bar gsessa und es hadd nedd lang gdauert und oi paar Buba senn um ons rum gstanda. Oigentlich standa se um d' Chantal rum und henn mi fascht weggdrängt. Des ging noh a Weile so und schließlich war sich die Chantal mit oim Mann einig gworra. Mi hadd se nedd gfragt, abr der Ma hadd gfragt, ob des wirklich nötig wär, dass i au mitgeha tät. Chantal hat noh gsagt, dass sich des nedd vermeida lässt und irgendwie war i froh. Mir senn noh auch glei aufd Matte und die Chantal hat au glei mit dem andera rumgmacht. I hann noh nedd recht gwisst, was i macha soll. Die Chantal fing noh an dem andera eina zu blasa und war scho ganz goil. I hann dann dr Chantal an die Brüschde grabscht, abr sie hadd mei Hand wegstoßa und hadd gsagt, i soll kurz warta. Des hab i dann au gmacht. I hann jetzt abr nedd gwusst, was kurz isch und hann dann halt oinfach zugschaut. Des hadd dann abr echt oi Weile dauert. Die Chantal hadd noh au no oin zweita Ma dazu gholt und des war jetzt zwar oin flotter Dreier, abr eben ohne mi.»

In der Sauna wurde mittlerweile leise gekichert.

«Irgendwann bin i noh hin und wolld au mitmacha. Da henn mi die boide andere wegschubst, abr die Chantal hadd na doch Mitleid mit mir khet. I sollt mi noh uff dr Rücka lega und die Chantal hadd agefanga mi zu reita, während se denne boide emmer abwechselnd oin geblasa hadd.»

Mittlerweile ist ein junges Paar aufgestanden und hatte kopfschüttelnd die Sauna verlassen.

«Die Chantal war jetzt vo denne Männern so abglenkt, dass se mi gar nemmer geritta hat und i hab nedd gwusst, was ich macha soll. Sie wurd mr au langsam ebbes schwer und i musst au dringend aufs Klo. Die boide Andera henn echt ihrn Spaß khet und henn die Chantal ordentlich in dr Racha gefickt.»

Eine weitere Frau verließ die Sauna.

«I lag ja emmer no aufm Rücka und hab die Ärsch von den boida vor meinem Gesicht khet. Des war au koin toller Ablick. Dann senn die boide gleichzeitig gkomma und ham elles ind Gosch von dr Chantal gschpritzt. I war noh scho a bissle sauer, weil i des ja nie darf von wega dem Geschmack und so. Aber offensichtlich hadd ihr denen ihr Schperma auch nedd geschmeckt, weil die Chantal sich fast hadd übergebba müssa und mir den ganza Saft voll auf mei Bruscht gespuckt hadd. Oi bissle isch mr au ins Gesicht geschpritzt und i hann mi sofort übergeba müssa.»

Nun verließen drei weitere Personen die Sauna. Die Verbliebenen starrten fassungslos zu uns rüber.

Horst war gnadenlos!

«Jetzt hadd die Chantal abr den Gruch vo meim Erbrochena ind Nas kriegt und ...»

Bevor Horst zu Ende erzählen konnte, flüchtete ich mit den restlichen Gästen in Panik aus der Sauna.

Leider gab es in der Badelandschaft kein Wulle Bier, mit dem ich diese Bilder aus meinem Hirn hätte radieren konnte.

«Jo, wenn's de Sex ned gäb, hätta mir Männer gar koi Froid mae.»

Horst hatte mich spontan besucht und saß nun in seiner dreckigen Hose und einem verschwitzten T-Shirt auf meinem Sofa. Er hatte wohl einem Freund bei einem Umzug geholfen und entsprechend roch er auch.

Normalerweise mag ich es nicht, wenn man mich unangemeldet besucht, aber heute war mir nach etwas Gesellschaft. Ich holte also zwei Wulle aus dem

Kühlschrank und stellte fest, dass ich wohl mal wieder einkaufen gehen sollte.

Wir stießen an, Horst rülpste und nahm einen kräftigen Schluck.

Danach rülpste er nochmal und schien zufrieden.

«Und?», fragte er.

«Ja, geht so.»

«Wie war die Nacht?»

«Ich hatte schlechten Sex.», antwortete ich etwas zerknirscht, weil es wirklich stimmte. Einem Absturz in einer Disco folgte der wohl langweiligste Sex meines Lebens. Dabei sah der Junge echt gut aus mit seinem Waschbrettbauch. Offensichtlich glaubte er aber, dass ein Rammelhase ein guter Liebhaber sei und so schmiss ich ihn nach einer halben Stunde wieder raus und machte es mir selbst. Ich bin doch keine geschmierte Laufbuchse von einem Turbolader.

«Hätsch halt mit mir a Runde gdreht, denn wer der Sex guat gwäh.»

«Ja ne, is klar Horst.»

«Mein Sex ist immer gut, wenn man vom ersten Mal absieht».

«Wieso, wie war denn dein erstes Mal?»

«Also, i war damals siebzehn und han an dr Eisdiele die Mandy kenna glernt. Die Mandy war voll die Hübsche, nur ihre Brüscht warra etwas zu kloi für mein Gschmack. Abr des war mr eh egal, weil i wolld oifach koi Jungfrau mehr sai. Mir henn uns dann bei mr zu haus gdroffa, abr des war koi guade Idee. Mir henn uns auf mei Bett gsedzt und i hann nedd so recht gwussd was i macha soll. Die Mandy hadd noh gmeint, i soll mal ihre Brüschde streichla und des hann i noh gmachd. Die warra ganz woich und warm und sie hadd ganz kloine Nippl khet. I hann sie noh gfragt, ob i ihre Brüsdsch au amol küssa dürft und sie hadd ja gsagt.

Sie hadd sich noh auf dr Rügga glegd und i hann ihre Nippl gleckt, abr des war mir schnell langweilig. I hann mi noh abr nedd getraut ufzuhöra, weil i nedd gwussd hann, was i noh tun sol. Irgendwann hadd die Mandy gfragt, wann i denn endlich loslega will und hadd agfanga, sich auszuzieha. Na isch se nackt vor mr gsessa und hadd mi aglotzt. I hab mi noh au ausgzoga und mei König Gustav war scho richtig steif. Mandy fing a zu kichra und i hab se gfragt, was denn sei. Die Mandy hadd gsagt, es käme ja nedd auf die Größ drauf an und auch wenn er krumm ist, kann mr tollen Sex hannn. Da war i abr bruhigt. Die Mandy hadd sich noh uf dr Rücka glegt und hat gsagd, i soll se lecka. I fand des ja ebbes seltsam abr sie hadd ja scho amol Sex khet und wusst des ja besser. I han na agefanga, ihr Gsicht zu lecka aber des fand sie ned so toll und had gmoind, i soll se zwischa ihre Schenkl lecka. Des hab i abr ned gmacht, weil die had voll den haariga Busch khet und da kommt ja au des Pipi raus. Sie hadd noh mei Hand gnomma und an ihrn Busch gführt und i hann se ebbes gstreichelt. Die Mandy war ganz feucht und i hab amol an meine Finger grocha, weil i wissa wollt, wie des riecht. Des war jetzt gar nedd so schlecht und roch gar nedd nach Pipi. Mittleweile war die Mandy scho ganz rallig und hat mr oin Kondom gebba. I hab aber nedd so recht gwisst, wie man des überzieht und hab gdacht, dess muss mr vorher aufblasa. Des hat abbr nedd funktioniert und die Mandy hat ihre Augen verdreht. Sie hadd mir noh gholfa und des ging noh ganz schnell. Die Mandy lag ja emmer noch ufm Rücka und i hab mich oifach draufglegt und losgrammelt. Die Mandy hadd dann abr gmoint, i muss ihn vorher scho au neistecka, sonscht wird des nix. Sie hadd mr noh gholfa und als i eingdrunga ben, hadd es ganz laut gfurzt. Das war abr nedd i, sondern die Mandy hadd nen Muschifurz ghabt. Des ging dann die ganze Zeit so. Emmer wenn i zugstoßa hab, hadd sie oin Pupsgräusch von sich gebba. Ich hann dann gdacht, wenn i schneller mach, hört des uf und hab ordentlich losgrammelt. Die Mandy ist noh mit ihrm Kopf abr emmer oben gegen des Bett gknallt und das Bett voll gegen die Wand. Meine Eltern haben gdacht, es sei ebbes passiert und sind noh nachschaua komma. Dommerweis hab i mai Zimmer nedd abgschlossa khet und so standa die boide noh im Zimmer und hann uns zgeschaut. Meine Mutter war voll sauer und hat rumgschria, wie i ihr des antun könnt und dass se mich nedd onder Schmerza gebora hedd, damit i se so enttäuscha könnt. Mein Vadder hadd ‹Respekt Jonger!› gsagt und mit dem Dauma nach oben zeigt. Des hätt er abr lieber nedd gmacht, denn jetzt hat mai Mudder ihn angkeift. Die Mandy ist noh schnell abghaua. I stand in meim Zimmer, mei König Gustav hadd schamvoll zu Boden glotzt und des leere Kondom hing emmer noch an ihm nunder. Meine Alde hen sich voll gstritta und i hann mi schnell agzoga und ben ganga. Ich musst ja meine Kumpels verzähla, dass i jetzt koi Jungfrau mehr war und wie toll i es der Mandy bsorgt hann.»

Ich nahm einen Schluck Wulle und fand den Sex von gestern nun doch nicht mehr so schlecht.

ULF TORRECK

HERZRAGOUT

Paris im Frühjahr 1797. Seit Wochen hielt ein Mörder die Stadt in Schach, dessen Untaten so grausam und widersinnig waren, dass ganz Paris bald in einen Zustand permanenter Angst verfiel. Am Ende ihrer konventionellen Weisheiten angelangt, hatten sich die Polizeiinspektoren Jean-Marie Beaume, Louis Marais und der Polizeipräfekt Henri zu dem unerhörten Schritt entschlossen, sich an den berüchtigten Schriftsteller, Libertin und Lebemann Marquis de Sade um Hilfe zu wenden. Der lebte in recht behaglichen Verhältnissen in einem Haus in Saint-Ouen zusammen mit einer ehemaligen Schauspielerin namens Constance Quesnet und deren minderjährigen Sohn. Die Jahrzehnte, die er vor der Revolution in verschiedenen Gefängnissen verbrachte, hatten den rebellischen und verdrehten Geist des Marquis zwar längst nicht brechen können, doch war er fett geworden, kurzatmig und wurde regelmäßig von Gichtanfällen geplagt.

Zwar hatten die drei Polizeibeamten es bei ihrem ersten Treffen in de Sades Haus nicht offen auszusprechen gewagt, doch der Marquis hatte dennoch auf Inspektor Marais Mine lesen können, welcher Gedanke die drei

Polizeiagenten dabei geleitet hatte, sich ausgerechnet an ihn um Hilfe zu wenden: Es brauchte schon ein Ungeheuer, um ein Ungeheuer fassen zu können.

Marais, Henri und Beaume waren so verzweifelt, dass sie Sade selbst das Blaue vom Himmel versprochen hätten, solange er ihnen nur einen Ausweg aus ihrer Ratlosigkeit aufzuzeigen vermochte. Ihr Angebot fiel dementsprechend verlockend für de Sade aus. Sie versicherten ihm nämlich, dass sie dafür sorgen konnten, dass sein neuestes Theaterstück an der Comédie-Française aufgeführt werden würde. Dieses Stück war gemessen an de Sades übrigen Schriften zwar betont konventionell, aber es auf die Bühne zu bringen, hätte ihn endgültig als seriösen Autor etabliert. De Sade hatte den Versprechen der Polizisten geglaubt und sicherte ihnen zu, dass er ihnen helfen würde, so gut er es nur könne.

Dies waren die Fakten der Mordserie, soweit man sie kannte: Man hatte im Abstand von wenigen Wochen an weit voneinander entfernten Orten in Paris vier Leichen gefunden drei männlich, eine weiblich. Allen Opfern war auf die exakt gleiche Weise die Kehle durchtrennt worden und soweit man bisher sagen konnte, bestand zwischen ihnen keinerlei persönliche Verbindung. Die Journaille schlachtete den Fall weidlich aus. Doch echte Angst ergriff Paris, nachdem man den Schreiberlingen steckte, dass der Mörder es nicht dabei beließ seinen Opfern nur die Kehle durchzuschneiden. Sondern ihnen danach auch einige Organe entfernte, die seither spurlos verschwunden waren.

Präfekt Henris' Jagd nach dem Mörder zog sich wochenlang ergebnislos hin. Die Unruhe in der Stadt wuchs und erreichte schließlich fast hysterische Ausmaße. Die Zeitungen verlangten nach irgendeiner Aktion, die bewies, dass die Behörden alles taten, was in ihrer Macht stand, um den Mörder zu fassen. Etwas musste geschehen. Jean-Jacques Henri fürchtete, dass man ihn jeden Tag entlassen und durch einen Nachfolger ersetzen könnte und hatte deshalb jede Akte zu dem Fall kopieren und heimlich in sein Haus bringen lassen. Er war nach wie vor fest davon überzeugt, dass die Lösung des Rätsels irgendwo in diesen Akten zu finden sein müsse.

So kamen denn eines Abends im Juni Marais, Beaume und de Sade in Jean Jacques Henris' Haus zusammen, um gemeinsam die Akten zu studieren und über den Fall zu beraten.

Stunden verbrachten die vier Männer über den Akten, ohne dabei zu einem Ergebnis zu gelangen. Nach all der Zeit ergebnislosen Aktenstudiums waren die Ermittler dankbar für das opulente Abendmahl, das Henri auffahren ließ.

Während des Essens behauptete Inspektor Beaume, dass der Mörder irgendeine äußerliche Missbildung aufweisen müsse. Perversion und körperliche Missbildungen, fand er, gingen Hand in Hand. «Wir sollten die Dossiers speziell nach Invaliden durchsehen. Ich erinnere mich an einen Mann, der ohne seine Eier aus dem Krieg zurückkam, und ein paar Monate darauf seine Frau erschlug, weil er sie in flagranti mit einem Hausierer erwischte», riet er.

«Ich würde Dir Recht geben, wenn er entweder nur Frauen oder nur Männer getötet hätte. Aber er hat es nun mal auf Frauen und Männer abgesehen», entgegnete Marais nachdenklich.

«Marais hat Recht» fiel der Präfekt ein. «Ich würde ja immer noch mitgehen, hätte er sich irgendwie am Gemächt seiner Opfer ausgetobt. Die Frauen bestrafte er, weil er von ihnen verachtet wird. Die Männer, da sie ihm bestimmte Möglichkeiten voraushaben. Das ergäbe ein stimmiges Bild. Doch er lässt ihr Gemächt ja völlig beiseite.»

Beaume ließ diesen Einwand nicht gelten. «Ihr werdet sehen, wenn wir ihn erst haben, wird sich trotzdem herausstellen, dass er ein Krüppel ist. Wenn es nicht seine Eier sind, dann ist es ja vielleicht sein Gesicht. Perverse sind nun mal immer hässlich.»

Henri sah still brütend vor sich hin. Marais stocherte lustlos in seinem Essen herum. Nur Beaume langte weiterhin herzhaft zu. Sade, dem durchaus bewusst war, dass man ihn in diese Runde gerade deswegen gebeten hatte, weil man ihn für das Paradebeispiel eines Perversen hielt, war der Diskussion zwischen den Polizeiagenten zunehmend erstaunt gefolgt. Ein Invalide, ein Dieb oder einfach ein Verrückter?, dachte er verwundert. Und dann glaubte Beaume auch noch, dass der Mörder irgendein deutlich sichtbares Mal tragen musste, das ihn von allen anderen guten Bürgern unterschied. Was war das nur für ein blühender Unsinn! Sade fand es sei höchste Zeit, seinen Tischgenossen einen Einblick in die wahre Natur des Menschen zu vermitteln. «Sie sind also überzeugt, der ganz gewöhnliche Bürger Marcel Dupont, oder die ganz gewöhnliche Bürgerin Marie-Claire Perreau wären niemals fähig, kaltblütig einen Mord zu begehen?», fragte er in die Runde.

Die Blicke der drei Beamten waren de Sade Antwort genug. Er schüttelte sacht den Kopf. «Aber, Messieurs, was ist denn der Inhalt der Romane, welche die beiden verschlingen, der Dramen, denen sie zusehen, und der Bänkelgesänge, denen sie auf den Jahrmärkten lauschen? Ich will es Ihnen sagen: Verzweiflung, Rache, Hass, Blut und Verbrechen.» Sade trank einen Schluck Wein. «Sie glauben unsere beiden guten Bürger würden ihre Theaterbillets bezahlen, aber sich von der Bühne abwenden, in dem Moment, in dem man dort die Hände bis zu den Ellbogen in Bühnenblut taucht? Sie erwarten, dass Madame und Monsieur die Kapitel in den Romanen überblättern, in denen Folter, Plünderung und Vergewaltigung beschrieben werden? Sie hoffen Monsieur und Madame benutzten die Zeitungsartikel über Mord und Hinrichtungen höchstens zum Einwickeln von Fisch?» Das betroffene Schweigen über der Tafel feuerte den Marquis in seinem Aufklärungseifer nur noch weiter an. «Sehen wir der Wahrheit ins Gesicht: Der Mensch ist ein schönes böses Tier und zwei Herzen schlagen in seiner Brust. Das eine hungert ebenso kompromisslos nach Liebe, wie es das zweite beständig nach Aufregung, Kampf und Blut dürstet. Die Liebesschnulzen, die Schauerromane, die Theaterbühnen und das Schafott dienen doch nur einem Zweck: Unsere beiden Herzen mit dem zu füttern, was sie brauchen, um weiterhin gelassen ihre Ketten ertragen zu können. Denn Ketten, Messieurs, tragen sie. Man bezeichnet sie gemeinhin als Anstand, Moral und Sitte.»

Sade trank einen größeren Schluck Wein und warf einen langen Blick in die Runde, den er mit einem abschätzigen Lächeln garnierte. «Dieser Mörder, dem Sie nachjagen, wird kein Kainsmal an sich tragen. Er wird auch keine äußerlichen Verletzungen oder Verstümmelungen aufweisen. Ich prophezeie – ganz im Gegenteil – das Einzige Verwunderliche an ihm wird seine penetrante Gewöhnlichkeit sein. Sie haben mich hierher beordert, um meine Ratschläge zu hören? Hier ist mein Ratschlag: Suchen Sie in Ihren Akten nach dem freundlichsten, unauffälligsten und liebenswertesten Mann, der sich dort überhaupt nur finden lässt. Mit hoher Wahrscheinlichkeit wird es sich bei ihm um den Mörder handeln.»

Sade wandte sich mit bestem Appetit wieder seiner Mahlzeit zu, während der Präfekt und die Inspektoren betroffen auf ihre Teller blickten.

Beaume schob ein Stück knusprigen Entenbraten in seinen Mund und sagte kauend: «Wonach wir suchen, Bürger Sade, ist ein Motiv für diese Morde. Können Sie uns auch damit dienen, nachdem Sie uns gerade eine derart brillante Beschreibung unseres Mannes geliefert haben? Oder sollen wir einfach annehmen, dass der Arme nicht genug Kleingeld für Theaterbillets und Schmierenjournale hatte und ihm deswegen nichts weiter übrig blieb, als sein doppeltes Herz eben auf eine etwas aggressivere Weise zu befriedigen?»

Henri drehte nachdenklich sein Weinglas in der Hand. Marais hatte Messer und Gabel weggelegt. Alles wartete auf Sades Antwort. Sade nahm jedoch umständlich eine Prise Schnupftabak, bevor er sich zu einer

Erwiderung herabließ. «Sehen wir doch mal, ob ich den Report des Doktors über die Obduktionen der Opfer richtig im Gedächtnis behalten habe. Die Organe, die der Mörder ihnen stahl waren Leber, Nieren, Herz und Lunge, nicht wahr?»

Henri bestätigte Sades Vermutung mit einem knappen Nicken.

«Sehr schön», sagte Sade lächelnd und wies mit seiner Gabel auf das Schweinsragout, das Henris Haushälterin neben dem Entenbraten und der Bouillon so appetitlich auf dem Tisch angerichtet hatte. Es war ein Ragout von Innereien – Herz, Leber und Nieren.

Schweigen.

Längeres Schweigen. Jeder der drei übrigen Männer am Tisch versuchte sich einzureden, dass ihr erster Gedanke angesichts von Sades stummen Hinweis ein Irrtum gewesen sein musste. Schließlich warf Beaume sein Besteck auf den Tisch und begann zu applaudieren. «Das ist das Verrückteste, was ich je gehört habe. Um ein Haar hätten Sie mich doch tatsächlich hinters Licht geführt, Sade.»

Es dauerte einige Zeit, bis Beaume begriff, dass Monsieur le Marquis eben keinen Witz gemacht hatte. Schließlich beugte sich Präfekt Henri ein wenig zu Marais hinüber. «Louis, wären Sie wohl so zuvorkommend, Monsieur le Marquis eine Droschke zu rufen?»

«Selbstverständlich», entgegnete Marais, erhob sich und verließ den Raum.

Für einen Augenblick trafen sich Henris und Sades Blicke. Henris Augen waren voller unverhohlener Abscheu. «Vielen Dank, Bürger Sade.»

Monsieur le Marquis lachte immer noch, während er fünf Minuten später draußen in die Droschke stieg.

Zwei Tage später verhaftete Marais einen bislang unbescholtenen Junggesellen namens Lasalle und de Sade kam zu Ohren, Marais hätte Lasalle einer näheren Überprüfung unterzogen, nachdem ihm klar wurde, dass der Mann, obwohl er gut betucht war, niemals einen Koch angestellt hätte. Nach Lasalles Festnahme wurden Beaume und Marais befördert, de Sades Stück hingegen wurde von den Direktoren der Comédie-Française in Bausch und Bogen abgelehnt. Angesichts dessen war es für ihn nur ein geringer Trost, dass Lassalles Porträt in den Zeitungen tatsächlich auffallend glatt und freundlich wirkte und er außerdem über keinerlei körperlichen Missbildungen verfügte. Außerdem kam Sade zu Ohren, Lasalle hätte in seinem Geständnis behauptet, dass Frauenherzen zarter schmeckten und leichter zuzubereiten gewesen waren, als die von Männern.

AUTOREN

TILL BURGWÄCHTER zähmte in seinem früheren Leben Alligatoren, Löwen und Schmetterlinge, entdeckte einige Planeten und erfand die vegetarische Leberwurst. Im Alter von 25 entschied er sich, das aktive Leben der Jugend zu überlassen und widmete sich dem Schreiben. Seitdem entstanden und entstehen Bücher wie «Schmerztöter» (2003), «Die Wahrheit über Wacken» (ab 2005), «Neues aus Trueheim» (2013) oder «Happy Metal» (2015), in denen sich der «Teufelskerl und Tausendsassa» (Rötgesbüttler Evening Star) mit seinem liebsten Hobby beschäftigt: Heavy Metal. Oder Fußball. Oder Sex. Je nachdem, für welches Buch er gerade bezahlt wird.

COSETTE Cosette schreibt über Sex – direkt und unverblümt. Sie bringt es auf den Punkt, mag es auch gerne ein wenig obszön und bettet ihre Geschichten in außergewöhnliche Rahmenhandlungen ein, die nicht vom Kern ‹Sex› ablenken, und die Fantasie ihrer Leser anregen.

Cosette schreibt (mit einer Ausnahme) über BDSM. Ihre Texte berichten von Hemmungslosigkeit, Hingabe bis zur Unterwerfung und einer Lust, die zerreißend, furchteinflößend und qualvoll ist, aber eine Befriedigung bringt, die Geist und Körper befreit

CARMEN RIVERA Erotik ist mein Leben!

Carmen Rivera ist eine der bekanntesten Dominas Deutschlands. Begonnen hatte alles ganz anders, aber schnell wurde aus der rassigen Fotografin ein Model, eine Domina und schließlich das Aushängeschild von Beate Uhse TV. Darüber hinaus steht Carmen Rivera ihren Mann auch als eine der ersten SM-Filmproduzentinnen, sie veredelte zahlreiche Serien mit ihren Auftritten (u.a. «Alles Atze» oder «Die Rote Meile») und wem dieser Abriss des wahrlich spannenden Lebens jetzt doch ein wenig zu kurz war, der kann sich auf das erste Buch von Carmen Rivera freuen! Titel: Die Arschmeisterin!

ALANA ABENDROTH ist Literaturwissenschaftlerin und Historikerin. Sie lebt in Berlin. 2009 ist ihr Buch «Bodymodification – Körpermodifikation im Wandel der Zeit» erschienen. Es beschreibt die kulturellen Hintergründe von Tattoos, Piercings und allem, was weh tut. Eine besondere Freude machen ihr Horoskop-Persiflagen. Ihr Gruft-Orakel publiziert sie seit einigen Jahren monatlich, anfangs im Dark Vibe-Magazin, dessen Chefredakteurin sie eine zeitlang war.

LEONIE VARRETT Obgleich 1977 in einem anderem Bundesland geboren, hat sie ihre Wahlheimat im Schwabenland niemals wieder verlassen.

Trotzdem (oder gerade deshalb) absolvierte sie ihr Germanistikstudium in Windeseile, um danach als

Ghostwriterin, Kolumnistin und Lektorin über Wörter und Sätze zu gebieten.

Doch nicht nur die Druckerschwärze gehorcht ihr; noch sehr jung entdeckte Leonie den Reiz, sich eigene Sklaven zu erziehen. Mittlerweile lebt sie in einer Kommune und bildet Willige auch online aus.

Ihre Erfahrungen und Fantasien wird sie zukünftig mit uns bei Salax teilen. Wir sind gespannt.

AXEL HILDEBRAND, geboren 1968 in Berlin. Verbrachte seine Jugend abwechselnd mit Schulbesuch und dem Drehen von Super-8-Filmen. Mitten in einem unerfreulichen Studium der Kommunikationswissenschaften an der TU Berlin begann er sich als Tagelöhner im Filmgeschäft durchzuschlagen. Kameramann und Regisseur innerhalb des breiten Spektrums von Baustellendokumentationen, Knoblauchpillen-Werbespots und Trickfilmen. Seitdem dreht er öfter seltsame Kurzfilme und Musikvideos und bereichert regelmäßig das Fernsehprogramm durch seine Drehbücher. Von Krankenhaus bis Krimi.

Die vielen Jahre im Mainstream-TV lehrten ihn eines: Manche Ideen gehen einfach nicht. Die sind zu krank. Zu bescheuert. Die passen nirgendwohin. Das werden wir ja sehen, dachte er sich und begann mit der Arbeit an seinem zweiten Buch «SOKO Bizarr», das 2017 bei «Edition Roter Drache» erscheinen wird.

2015 erschien von ihm in der Edition Roter Drache sein Buch *AUSSEN – ASGARD – TAG. Die unverfilmten Drehbücher von Loki & Thor.*

MANUELA AUSSERHOFER wurde 1988 im Salzburger Land geboren und machte 2009 Wien zu ihrer Wahlheimat, um dort Germanistik zu studieren. 2015 hat sie ihren Masterabschluss mit Schwerpunkt Mediävistik gemacht. Neben der Literatur steht die Musik für sie an erster Stelle, deshalb arbeitete sie zuvor als freie Journalistin für diverse Musikmagazine (Gothic Magazin, nachtaktiv Magazin u. a.) und nach ihrer mehrjährigen Tätigkeit beim Orkus! Magazin übernahm sie 2015 die dortige Musikredaktionsleitung und machte somit ihre Leidenschaft zum Beruf. 2014 veröffentlichte sie ihren ersten Roman als Co-Autorin und schrieb die Geschichte von Nele Hoffmann in «Mit Papa war's nur Blümchensex» (U-Line) nieder, fast zeitgleich erschien auch das Minibüchlein «Scherbensplitter» (Unsichtbar Verlag). Mittlerweile ist auch ihre Masterarbeit veröffentlicht worden.

LUCI VAN ORG, Berlinerin Jahrgang 1971, trat schon im Alter von 12 Jahren als Sängerin in Blues- Clubs auf. Mit 16 unterschrieb sie ihren ersten Plattenvertrag, sang mit 19 als «Eena» den Titelsong zum Flim «Go Trabi Go» und war nebenher Kunst- und Anglistikstudentin, Supermarktverkäuferin und Aktmodell. 1994 wurde sie mit «Lucilectric» (Mädchen) mal kurz zum gefeierten Popstar. Heute ist sie als Musikerin die weibliche Hälfte von «Meystersinger» und Bandleaderin von «Üebermutter».

Wenn Luci nicht gerade Musik macht, schreibt sie Romane (wie z. B. «Frau Hölle» oder «Schneewittchen und die Kunst des Tötens»), Kurzgeschichten, Drehbücher oder Theaterstücke, illustriert Bücher (wie z. B. «Thors

Hammer»), fährt in ihrem alten 190er Mercedes kreuz und quer durchs Land zu ihren Lesungen oder steht als Schirmfrau des VEID. eV allen Rede und Antwort, die sich über das Thema «Verwaiste Eltern» informieren möchten.

CALLIE WELLENSTEIN Geboren 1970 in einem Vorort von Tübingen erkannte Callie schon früh ihre Neigung, Männer nach ihren Vorstellungen zu erziehen.Viele Reisen ins Ausland brachten ihr Einblicke in andere Kulturen. Diese Einflüsse spiegelten sich nach und nach in ihrer einzigartigen Sklavenerziehung wieder. Immer mehr erkannte sie ihre Passion, Männer in ihre Sklavenrolle hinein zu formen. Seit 2007 gibt sie weltweit ihr Wissen in Erziehungsseminaren und Workshops weiter. Da Callie größten Wert auf de Schutz der Privatsphäre ihrer Gäste legt, verfasst sie ihre Texte unter Pseudonym. Anfragen für Workshops daher ausschließlich über SALAX.

DAVID GRAY, geboren 1972, lebt Gray als freier Autor in Leipzig und Hanmburg, wo er als Journalist tätig ist. Er hat regelmässig erotische Shortstorys unter anderem in Penthouse und dem Schlagzeilen-Magazin veröffentlicht. Seit 2011 feierte er mit Krimis und dem historischen Roman «Wolfswechsel» auch als Romanautor Erfolge.

KATELYN FAITH Jung geblieben, alt geworden. Viele Leben gelebt, aber nie den Traum verwirklicht. Bis vor Kurzem. Seit kurzem schreibt sie erotische Romane und Kurzgeschichten unter verschiedenen Namen; der große

Durchbruch kam mit dem ersten Katelyn Faith-Roman «Gefährliche Verlockung», der zum E-Book-Bestseller wurde und sich über 150.000-mal verkaufte im Jahr 2013.

ALEXANDER ‹LEX› WOHNHAAS, Sänger und Sprecher aus Augsburg, ist vor allem als Frontmann der erfolgreichen Rockband Megaherz bekannt. Er studierte Politikwissenschaften und Geschichte und liefert mit Blutzoll – Der Tod riecht nach Diesel und Schwefel nun seinen zweiten Roman ab.

WOSCHOFIUS Der 1963 nahe Stuttgart geborene Woschofius ist ein multimedialer Künstler, der sich der dunklen Erotik verschrieben hat.

Nach seinem Ingenieursstudium fand er Zugang zur SM Szene und engagierte sich bald im Bereich Aufklärung, Eventorganisation, Workshops, Bondage und den künstlerischen Seiten der Szene.

Neben der Fotografie und der Schriftstellerei entdeckte er auch seine Liebe zu düsteren Musik. Entstanden sind daraus mehrere Romane, Musik CD's, Fotobände und Sachbücher. Sein Leben wurde in der Film-Dokumentation «Wir leben...SM» portraitiert. Mit «Das Buch der Strafen – 222 erotische Aufgaben und Strafen» und dessen Fortsetzung schuf er Bestseller, die Neugierige wie Erfahrene SMer begeistern konnten.

ULF TORRECK, geboren 1973, nahm an der friedlichen Revolution teil, studierte Jura, arbeitete als Zimmermann, Barkeeper, Türsteher. Nach einer Ausbildung zum Drehbuchautor, arbeitete er als Journalist und Filmkritiker, es folgten längere Aufenthalte in Südostasien, Großbritannien, Irland und Frankreich. Torreck veröffentlichte unter verschiedenen Pseudonymen Thriller und Kriminalromane, bevor er mit «Fest der Finsternis» sein Debüt bei Heyne gab.

SCHNEEWITTCHEN UND DIE KUNST DES TÖTENS

LUCI VAN ORG

SM-Schneewittchen, sieben tapfere LARP-Zwerge und vierzig Morde …

Es war einmal ein Mädchen mit Haut, so weiß, wie Schnee,
Lippen, so rot wie Blut,
Haaren, schwarz wie Ebenholz
… und einer ausgeprägten Vorliebe für BDSM.

Und da gab es einen Jäger … der dieses Mädchen über alles liebte
… zum Glück ebenfalls mit einer ausgeprägten Vorliebe für BDSM und reichlich Erfahrung
… zumindest theoretisch, erworben am heimischen PC

Außerdem waren da eine Königin, ein Serienkiller, der obligatorische Glassarg und jede Menge Phobien in einem Berliner Souterrain…

Und es war einmal eine Autorin namens Luci van Org, die daraus eine Geschichte machte. Ganz oft zum Lachen. Und manchmal auch zum Weinen.

Etwaige Ähnlichkeiten oder Übereinstimmungen mit gewissen anderen, lebenden oder toten Personen aus einer gewissen anderen Geschichte waren dabei selbstverständlich nicht beabsichtigt und wären rein zufällig

Spieglein, Spieglein an der Wand, welches ist das fesselndste Märchen im ganzen Land?

Taschenbuch 12 x 18 cm, 144 Seiten
ISBN: 978-3-944154-32-9; 9,95 Euro
Ebook:
ISBN: 978-3-944154-33-6; 6,99 Euro

REZENSIONEN

«Skurril & witzig!» *lovelybooks.de*

«Liebenswert komisch!» *camerakind.blogspot.de*

«Solche Märchen sollte es viel mehr geben!» *unart.tv*

«Kurzweilig, bissig, witzig und einfallsreich!» *deepground.de*

«Wer weiß, vielleicht wird das Buch auch rekordverdächtig verfilmt.» *purestars.de*

JUNG VERSAUT DEVOT
– DAS LEBEN DER GWENDOLINE HARKER
CONSTANZE O WILD

Gwendoline Harker ist jung und scheinbar ziemlich versaut. Als sie das erste Mal Latex auf ihrer Haut spürt, ist es um sie geschehen. Ihr wachsender Fetisch und ihre erwachende Sexualität bescheren ihr ein Abenteuer nach dem anderen, mit ihren Freundinnen, auf Jobsuche und mit ihrem neuen Boss.

Nur zu gut dass Gwens sexuelles Verlangen nahezu unersättlich ist.

Constanze O Wild wurde vor einigen Jahren mit den Veröffentlichungen **«Der dunklen Tugend»** und **«Hochzeit der Sklavin»** zur Kultfigur in der SM-Szene. Selten zuvor hatte eine junge Frau ihre Gelüste so hemmungslos niedergeschrieben. Mit ihren Geschichten um Gwen Harker, einer liebgewonnenen Internetbekanntschaft, lässt sie uns wieder eintauchen in die Fantasien und Sehnsüchte junger, versauter Mädchen.

Gwen Harker startete Ihre eigene Internetseite www.gwenharker.de und veröffentlichte dort ihre sinnliche-erotischen Fetishfotos.

Ebook:
ISBN: 978-3-944154-11-4; 4,99 Euro

DAS BUCH DER STRAFEN 2
EINE STRAFE FÜR JEDEN TAG
WOSCHOFIUS

... Denn keine Strafe ist auch keine Lösu

Nach dem sensationellen Erfolg des ersten T der sich monatelag auf Platz 1 bei Amazon in den Bereichen SM und Beziehungen festsetz präsentiert der Autor nun ganze 365 Strafen - eine für jeden Tag!

Noch spannender, noch verspielter, noch versaute ein Fest für alle, die bei Sex nicht unbedingt an "Li aus und Decke drüber" denken.

Sex will zelebriert werden, es ist das Spiel der Lust. Denn es gilt nach wie vor: Wenn Sex nicht schmut war, dann war er meist nicht gut!

Woschofius ist eine absolute SM-Szenegröße. Er beweist einmal mehr, dass Sex spannend, aufregend, anders sein kann und gibt atemberaubende Tipps, um neues Feuer ins Schlafzimmer zu bringen ... oder den Autobahnparkplatz ... oder den Supermarkt ... o öffentlichen Personennahverkehr ...

Taschenbuch, 12 x 18cm, 237 Seiten
ISBN: 978-3-944154-50-3; 12,95 Euro
Ebook:
eISBN: 978-3-944154-51-0; 9,99 Euro